♥ 나츠카와 자매의 마음에 들었나…? ♥

"야."

쓸데없는 말을 해서인지 나츠카와가 볼을 잡아당겼다.
분명히 이상한 얼굴이 되어 있을 것이다.

"에헤헤, 에헤헷."

하지만 아이리는 팔팔 웃고 있다. 좋은 미소다.

"후훗, 후후후."

……저기요? 저기, 나츠카와 씨……?
당신도 왠지 즐기고 있는 것 같은데요?

"케이는 되는데, 난 안 돼……?"

우와아아아아아아아아아앗!
뭐야 그 표정은, 그런 표정 짓지 마!
날 어떻게 하고 싶은 거야? 괴롭히는 건가?
안타깝게 됐구나, 나츠카와. 아직 엄청 좋아한다고. 완전 좋아!

꿈꾸는 남자는
현실주의자

yumemiru danshi ha
genjitsusyugisya

2

오케마루
Okemaru

[ill.] 사바미조레
Sabamizore

커버 그림, 본문 일러스트 | **사바미조레**

contents

1장 ♥ ⟨┈┈┈┈⟩ ♥ 친구는 말한다

'──그럼…… 우, 우리 집에 와!!'

내가 반의 천박함 랭킹 2탑 코가와 무라타와 이야기했을 때부터 상태가 이상해지기 시작한 나의 여신 나츠카와. 누나와의 진지한 배틀을 끝내고 측근(임시)인 아시다에게 끌려와 패밀리 레스토랑에 들어가니, 측근(임시)에게 추궁당한 여신은 감정의 둑이 터진 것처럼 그런 말씀을 하셨다. 덕분에 나는 반사적으로 손가락을 자를 뻗었고, 여성 점원분이 성가시다는 눈으로 봤다. 하지만 나를 얕봐서는 안 된다. 나츠카와에게 반한지 벌써 2년 남짓. 수도 없이 괴로움에 몸부림쳐온 나에게 사각은 없다.

나의 심층을 좀먹는 음탕한 유혹이여, 현실적인 말의 힘으로 이 몸에서 사라져라. 하아아아아~앗……!

국어수학영어물리화학역사현대사회정치경제윤리──

"……좋아, 중화했다."

"뭘."

오로지 현실에 의식을 돌려 텐션을 침하시킨다……. 나 정도의 베테랑쯤 되면 이 정도는 식은 죽 먹기다. 지금이라면 괜찮다. 나츠카와가 무슨 말을 해도 나는 견뎌──

아, 큰일이다, 또 떠올려서──

"………흐히히."

"우와, 기분 나빠……."

"……."

밤의 패밀리 레스토랑. 그런 국지적인 장소에서 쇼크요법 최강설이 탄생했다. 특히 효과적인 것은 같은 반 여자의 매도. 아무리 의식이 날아갔다고 해도 믿을 수 없는 속도로 현실로 돌아오게 된다. 그 대가로 눈가에서 몇 방울의 수분을 잃는다. 훌쩍.

"아니, 미안. 뭔가 환청이 들려서 말이야."

"뭐, 그렇게 말하는 것도 무리도 아닐지도 모르지~……아이찌도 헷갈리는 말을 했어."

"——그래서, 아까 한 말은 무슨 의미야? 난 이러고 있는 지금도 샤우팅 하고 싶은데."

"민폐니까 절대로 하지 마."

<u>오고고고고고고고고곡……!</u> (※데스보이스)

샤우트인 줄 알았더니 설마 하던 데스보이스. 꼭 목소리가 아니더라도, 무언가 날뛰지 않으면 이 충동을 억누를 수 없다. 가령 나츠카와의 그 유혹 같은 말에 특별한 의미가 없다고 해도, 그 말을 들은 것만으로도 뭐랄까, 정말이지…… 분에 넘치는 해피네스다.

"그래서 사쿠찌, 오늘 일 말인데."

"어, 계속 얘기하는 거야? 나츠카와가 얼굴을 가리고 옆드려 있는데?"

"됐어. 어차피 아이찌는 한계니까. 기다려도 얘기가 진행이 안 돼."

어, 뭐야 그거. 멘탈적인 문제라도 있는 건가? 나츠카와의 팬으로서는 이렇게나 가까이 있는데도 방치하는 건 마음이 아픈데. 머리 쓰다듬으면 안 돼? 안 되는 거야? 이 악마!

"간단하게 말하면 말이지, 아이찌는 아이한테 사죠찌를 소개하고 싶은 거야."

"흐음…… 응?"

아이가 누군데……? 아, 나츠카와의 동생? 이름이 비슷해서 한순간 이해를 못 했네. 아시다의 네이밍은 어떻게 되먹은 거야. 나츠카와의 호칭이랑 너무 겹치잖아. 아이리잖아, 아이리…… 유명한 축구 선수의 아내 같은 이름이네, 응.

……가만, 누굴 소개한다고?

"소개라고?! 나처럼 불쾌하고 나쁜 영향을 줄 것 같은 녀석은 접근 못 하게 하는 거 아니었어?"

"아, 정말! 아이찌가 진심으로 그런 생각을 할 리가 없잖아!"

"어? 불쾌하지 않아?"

"진짜로 그런지는 제쳐두고!"

"어머. 뭘까, 이 감정은."

왜 끝까지 부정해주지 않는 거냐, 아시다. 기뻐해야 할지, 슬퍼해야 할지 모르겠잖아. ……아니지. 난 상식인이잖아? 밥그릇은 제대로 손으로 든다고? 휴지를 쓸 때는 홀더의 뚜껑으로 찢어 쓴다고? 손 씻은 다음에는 꼭 손을 말린다고?

나츠카와가 보기에 내가 불쾌하지 않다라……. 그건 나에게 혐오감을 품고 있지 않다는 의미로 받아들여도 괜찮은건가……? 아니, 그거랑 이거랑은 다른 이야기인가……? 결국엔 뭐지……?

"내가 불쾌하지 않다고 해도, 왜 지금 와서? 나츠카와는 전부터 나한테 '절대로 동생과 만나지 못하게' 할 거라면서 딱 잘라 말했어. 귀여운 동생과 관련돼서인지 엄청 무서운 표정까지 지어가면서 말이야. 지금은 무서워서 이야깃거리로도 꺼내지 않는 정도인데……."

"아니, 내게 그런 말을 해도……. 저, 저기 아이찌, 이 얘기는 처음 듣는데?"

"웃……."

오오…… 여신이 부활했다! 부활하셨다고! 존안을, 존안을— 우와, 엄청 불쾌한 표정 짓고 있잖아. 역시 내가 역겨운 게 아닐까? 이런 얼굴은 처음 봤는데!

"그, 그게…… 그걸 말하면 케이는 분명 화낼 거잖아……."

"당연하지! 실컷 거부해놓고 지금 와서 대뜸 만나게 해준다는 건 뭐 하자는 거야?! 무슨 심술쟁이야?!"

"읏, 으으……."

오, 오오…… 잘은 모르겠지만 오늘의 아시다는 나츠카와를 엄청나게 몰아세우네…… 보기 드문 광경이다. 아시다가 나츠카와에게 달라붙어서 꼬리를 흔들면 나츠카와가 성모처럼 쓰다듬는 게 평소에 보는 광경인데.

"그, 그건 말했잖아……! 나도 얼마 전까지는 그럴 생각이 없었어!"

"뭐라고?! 왜 네가 적반하장으로 나오는 건데?!"

"──어, 잠깐, 둘 다 스탑, 스탑! 왠지 싸우는 것 같은데!"

민폐 행동은 안 된다, 절대로. 저거 봐, 저쪽에 있는 여자 점원분이 이쪽을 보고— 아니, 그러니까 왜 날 보고 있는 거야? 이건 딱히 수라장이 벌어진 게 아니라고? 아니, 왜 그렇게 쓰레기를 보는 듯한 눈빛을 보내는 건데?!

일어서서 말투가 거세지는 두 사람을 제지했다. 나츠카와는 자포자기했다는 느낌이었다. 두 사람의 말다툼은 좀처럼 볼 수 없으니, 빨리 말리지 않으면 돌이킬 수 없게 될지도 모른다. 어떻게든 건너편 자리에서 둘을 갈라놓고 중재했다.

"난 딱히 무슨 말을 들어도 신경 안 써. 가만히 둘이 하는 말을 들을 테니까, 둘 다 진정해."

"지, 진짜……?"

"물론이지!"

"──흥."

도자기를 내던져도 깨지지 않을 정도로 부드럽게 달래니, 나츠카와는 현기증이 날 정도로 귀여운 얼굴과 그렁그렁한 눈으로 날 쳐다봤고, 아시다는 납득이 안 된다는 것처럼 콧방귀를 뀌었다.

뭐야 이거. 이건 원래 아시다의 역할 아니야? 나츠카와가 나고 아시다가 나츠카와. 입장이 하나씩 바뀐 것 같다. 이런 일도 있구나. 그럼 내가 여자인가? 우훗, 기분 나쁘네. 죽어라 나.

아니, 그래도 놀랐다…… 이런 일도 있구나. 나츠카와가 나에게 부정적이지 않은 감정을 가지고 있었다니……. 호감도로 치면 0은커녕 마이너스인 줄 알았다고. 기쁘지만 실감이 안 난다.

"말투는 좀 그럴지도 모르겠지만…… 대체 무슨 바람이 분 거야? 내 레벨이 어떤 기준에 도달했나? 무슨 심사 기준을 충족한 거야?"

"뭐, 뭐야 그게…… 그런 심사는 없어."

"불쾌하냐, 불쾌하지 않냐잖아. 그래서 불쾌하다고 생각하고 있었는데 사실은 불쾌하지 않았던 것 같으니까 아이를 만나게 해주려는 거잖아."

휘익

너무 그렇게 '불쾌하다'를 연발하지 않았으면 좋겠다. 면전에서 들은 게 아니더라도 여자가 '불쾌하다'고 하는 걸 듣기만 해도 움찔하는 게 남자란 생물이다. 심장에 안 좋다고, 진짜로.

"그, 그런 거 아니야."

"그런 게 아니라고?"

그런 게 아닌 거냐. 너무 깜짝 놀라서 내가 전력으로 딴지를 걸었다고. 어, 나 역겨워? 그런 기대를 하게 만들어놓고는 그리기 있냐. 정말 감사합니다. 아니, 괴로워…….

"하아……."

"읔……!"

아시다가 티 나게 한숨을 쉬었다. 노골적으로 나츠카와가 들으라고 내쉰 한숨이었다. 이야기가 진행되지 않는다고 한 건 이래서였나.

그렇다면 발뺌하지 못할 정도로 핀포인트 질문을 던지면 된다. 아까는 쓸데없는 말을 해버렸으니 말이다.

"지금까지 만나게 하고 싶지 않았는데, 갑자기 마음이 변했다는 건 뭐, 그렇다고 치자. 그런데, '만나도 괜찮다'가 아니라 '만났으면 한다'는 건 무슨 의미야? 뭔가 특별한 이유라도 있어?"

"그, 그건……."

아, 아앗……! 나츠카와의 얼굴이 빨갛게—— 아아 귀여워! 엄청 귀여워! 부끄러운 거야?! 나츠카와 씨, 부끄러워하는 거야?! 못 만나게 한다고 단언해서 대답하기 어려운 거야?! 그런 얼굴 하지 마! 이쪽도 막 마음을 다잡은 참인데 번뇌가아아아아!

이성이 붕괴하려던 차에 주문했던 감자튀김이 드디어 왔다. 좀 더 빨리 줄 순 없었던 걸까…… 이제 밤이고 사람도 적으니까── 아, 아까 전의 점원분이었…… 히익, 째려봤어.

"그건?"

"그, 그그그건…….."

점원에게 방해를 받아 흐지부지해질 뻔했지만, 아시다가 강제로 궤도를 수정했다. 압력이 대단하다. 나츠카와 씨는 이제 부끄러워하는 게 아니라 공포에 질려서 대답하려고 하고 있잖아. 핏기가 싹 가셨잖아.

"──키한테…….."

"어……?"

"사, 사사키한테…….."

"사사킹한테?"

"너 그 녀석을 '사사킹'이라고 부르냐…….."

사사키…… 말이지. 왜 같은 반의 잘생긴 녀석의 이름이 나왔는지는 모르겠지만, 좋아하는 사람이 말하니 별로 좋은 기분이 안 드네. 다음에 그 녀석의 여동생한테 있는 일 없는 일 다 불어야지…….

17

호칭에 대해서 딴지를 거니 '좀 닥쳐'라고 하며 째려봤다. 억누르지 못했다고. 아시다 넌 대체 어떤 네이밍 센스를 가지고 있는 거냐. 난 깜짝 놀랐어. 말해두겠는데 내 호칭도 '어, 누구?'라는 느낌이 든다고. 보통은 '사죠찌'라는 호칭을 들으면 '대체 어떤 낯짝을 한 놈이야?' 하고 생각할걸?

"———아이리가…… 사사키를 잘 따랐으니까. 다른 애들도……."

"……?"

"………?"

???

그건 좋은 거 아냐? 뭐 이상한 일이라도 있었나?

반의 여자들과 같이 나츠카와의 집에 놀러 간 사사키가 보여준— 아니, 자랑한 아이리와의 투샷 사진이 머리에 떠올랐다. 여자들도 아이리를 둘러싸고 몇 장이나 찍었겠지. 정말 흐뭇한 광경이다. 응, 사사키 그 녀석, 진짜로 하렘을 즐기다니.

"잘 따르면 안 돼?"

"따, 딱히 안 되는 건 아니, 지만……."

"그러고 보니 아이, 모두의 이름을 외우느라 머리가 가득 찼었지?"

"흐음."

참으로 여유롭게 머릿속 재생을 할 수 있는 이야기다.

모두에게 둘러싸여 쓰다듬어지고 귀여움받으면서 각자의 이름을 주입당해 당황하는 아이리가 눈에 선하다. 이야, 흐뭇하구나. 야, 사사키. 너 때문에 그림이 깨지잖아. 어딘 가로 가버려.

아까 전과는 분위기가 확 변해 정말 훈훈한 분위기에 감 싸였다. 가공할만한 아이리의 천사다움이여, 이대로라면 아시다와의 딱딱한 분위기도 쉽게 없어질 것 같다.

"그래서? 그게 어쨌다고?"

"아시다, 너 진짜로 화났구나."

"시끄러워."

아야야야……! 이 녀석…… 발가락 끝을 정확하게 밟았 어! 성깔 진짜 끝내주네!

"그, 그래서…… '아니다' 싶어서………."

"아니라고……?"

아니라니, 뭐가? 느낌상으로 납득이 안 됐다는 뜻? 나츠 카와는 '교육에 좋지 않다'는 이유로 나를 아이리와 못 만 나게 했다. 그렇다는 것은 사사키나 다른 모두도 그랬다는 건가? 그것도 나를 허용할 정도니까, 나 이상이었다는 건 가? 대체 무슨 짓을 한 거야, 다들…….

"아이리를 시라이랑 사사키랑 다른 애들과 만나게 한 걸 후회한다는 거야? 악영향을 끼치는 것처럼 느꼈다거나……."

"아, 아냐, 그렇지 않아!"

"아, 그, 그래······."

사사키라면 몰라도 그 온화한 시라이까지 별로였다면 기준이 상당히 엄격하다. 나 같은 건 눈에 띄면 안 되는 수준이겠지. 시라이가 사실은 성질이 나쁘거나 한 게 아니라 다행이다. 모든 남자가 무릎을 꿇고 쓰러질 정도의 파괴력이 있어.

"·········그렇구나."

"엣?!"

이해한 거야? 방금 나온 대답으로? 잠깐만 아시다. 날 두고 가지 마! 뭘 혼자서 납득했다는 듯이 팔짱을 끼고 고개를 끄덕이고 있는 거야! 그건가, 남자는 이해할 수 없는 건가! 혹시 이게 흔히들 말하는 여자의 마음이라는 건가? 그런 건 진짜, 리얼로 교실 구석에 박혀 있는 남자인 나로서는 이해할 수 없다고······.

식은땀을 줄줄 흘리고 있는데 아시다와 눈이 맞았다. 내 표정이 어떻게 봐도 이해가 안 된다고 말하고 있다는 것을 깨달았는지, 이번에는 나를 보고 성대하게 한숨을 쉬었다. 아니 잠깐만, 그거 마음이 엄청 아픈데.

"———납득이 안 됐지? 아이가 가장 가까이에 있는 누군가를 제쳐두고 다른 친구만 기억한 데다가, 그 누군가는 오지 않았다는 게."

"······으."

"……예?"

"그래서 사사킹한테 사죠찌를 겹쳐서 보고 말았다, 이 말이지."

"이, 이제 그만해……."

"……뭐?"

예상치도 못했던 전개에 나도 모르게 얼빠진 소리를 냈다. 마치 나에 대한 호의적인 무언가를 느껴지게 만드는 내용. 그럴 리 없다. 그런 일은 있을 수 없다. 왜냐하면 나는 나츠카와에게 끈덕지게 달라붙어 실컷 폐를 끼쳐왔기 때문이다.

"있잖아, 사죠찌. 나도 자세한 건 모르지만, 아이찌한테 들었어. 오늘 아침에는 이미 아이찌 안에서 '사죠찌가 아이를 만난다'는 시나리오가 멋대로 정해져 있던 것 같아. 그래서 오늘 종일 거칠게 대하고 만 거야. 그도 그럴 것이, 사죠찌는 오늘 아이찌를 엄청 초조하게 했잖아. 요즘도 그렇지만 전혀 안 들러붙잖아."

"으음……?"

이해가 잘 안 된다. 귀에 들어온 말을 어떻게든 곱씹었다.

진정해라, 일단 정리하자. 나츠카와는 나를 아이리와 만나게 하려고 했다. 이유는 아직 확실하지 않지만, 그건 나츠카와에게 있어서 거의 확정 사실이며, 학교에서 나츠카와가 몇 번인가 나에게 온 것은 그 때문이었다.

아니 그런데 점심때 억지로 끌려 나가고, 아까 학교 옥상에서 멱살을 잡혔던 건 왜지? 무라타나 코가랑 같이 저급한 이야기를 하는 걸 용서할 수 없었나? 아니, 애초에 나츠카와가 나를 신경 쓰기는 하나……?

"어? 나츠카와, 이건……."

"──래."

"뭐?"

"집에 갈래!!"

"어?! 아! 잠깐! 나츠카와! 짐!"

갑자기 벌떡 일어선 나츠카와. 새빨간 얼굴로 짐도 챙기지 않고 그대로 패밀리 레스토랑에서 뛰쳐나가버렸다. 걸어서 통학하고 가족도 돌아와 있을 테니까, 가방이 없어도 집에 못 들어갈 일은 없긴 하겠지만…….

"……."

"……."

붙잡으려고 손을 뻗으며 일어선 채로 굳었다. 이게 무슨 일이야. 큰일 난 거 아냐? 주위에서 보면 지금 난 여자친구가 도망가버린 불쌍한 남자가 되지 않아? 아니, 그래도 아시다가 있으니 상황은 변하지…… 않겠군. 주위에서 '어머, 양다리야? 최악이네~'라는 생각을 할 것 같다.

"……저, 저기 손님?"

"아, 이제 갈 거예요. 사쵸찌, 돈."

"············그래."

뭐라 말하기 어려운 분위기 그대로 아시다는 내가 꺼낸 지갑을 빼앗아 자신의 지갑도 같이 들고 계산하러 갔다. 손발을 조종당하듯이 지시를 받아 모두의 짐을 안고 멍하니 그 뒤를 따라갔다. 어떻게든 상황을 부감해서 비추어보려고 했지만, 무리였다. 이건 그냥 본 그대로의 상황을 실황 중계하고 있을 뿐이잖아. 머릿속이 빙빙 도는데.

제대로 기억을 더듬을 수 있게 된 건 패밀리 레스토랑을 나와 조용한 길에 들어선 뒤부터였다.

"······나츠카와가 귀여웠다는 것밖에 기억이 안 나······."

"조만간 다른 것도 기억날 거야, 싫어도 말이지."

"······그래."

바깥도 어두워지기 시작했으니 바래다준다고 하자 '그럼, 중간부터 가로등이 이어지니까 거기까지'라는 대답을 들었다. 내가 생각해도 나답지 않은, 인기남다운 행동이라는 생각이 들었지만, 이렇게 해서라도 이 답답함을 어떻게든 잊고 싶었다.

그저 길을 걸으면서 생각했다. 저기, 나 계속 모두의 짐을 들고 있는데? 특히 아시다, 이 무지막지하게 큰 스포츠 백. 분명 안에 배구공이 들어있겠지? 걸을 때마다 내 엉덩이에 닿아서 통통 튀는데······. 그보다 배구공이 집에 가지고 가는 물건인가?

"──아까 얘기해서 알겠지, 사죠찌."

"뭐, 뭘……."

"아이찌는 딱히 그렇게까지 사죠찌를 불쾌하게 생각하지 않는다는 걸. 사죠찌도 몇 년 동안이나 계속 그런 말을 들으면서 '이 말은 인사 같은 걸지도?' 하고 생각한 적은 없어?"

"오히려 몇 년 동안이나 계속 들어서 '아아 진심이구나' 라고 생각했는데. 그리고 그것만으로 날 싫어하지 않는다고 볼 수는 없잖아?"

"그야 그렇지~. 하지만 분명 아이찌도 이렇게 생각하고 있을걸? 어라? 어라라? 라고."

"뭐냐, 그게……."

"사죠찌는 그걸로 괜찮을지도 모르겠네. 적어도 사죠찌는 하고 싶은 말은 해왔다고 생각하니까. 하지만 전에도 말했는데 이것만은 잊지 않는 게 좋을 거야."

"……?"

"──사죠찌는 아이찌의 테두리 안에 있는 사람이야."

"……."

가로등이 보였다. 아시다가 나에게 얽힌 짐을 나츠카와의 몫까지 함께 가져갔다. 아시다가 몸이 가벼워져 멍하니 서 있는 나를 스포츠백으로 세게 밀쳤다.

"뭐야."

"기분이 좋냐 나쁘냐 하는 문제가 아니야. 자신을 좋아해주는 누군가가 있는데, 기쁘지 않을 리가 없잖아. 설령 그 사람이 불쾌하고 귀찮다고 해도, 적어도 자신감을 가지는 버팀목이 되니까."

"그건 결국 내가 불쾌하단 얘기잖아."

"──그렇다고 해도, 자신의 테두리 안에 있는 사람 한 명이 갑자기 없어지면 누구든지 깜짝 놀라고 불안해지지 않겠어?"

"……"

아시다는 그런 말을 남기고 한 번 더 나를 세게 밀친 다음 달려갔다. 아까만 해도 짜증이 나 있었을 텐데, 헤어질 때는 묘하게 빙긋이 웃고 있었다. 화가 나는 점은 저 녀석이 끝내 한 번도 '불쾌하다'는 부분을 부정하지 않았다는 점이다. 그런 점이 별로라고, 아시다.

"……고기만두, 사서 돌아갈까."

초여름 밤. 스마트폰 홈 화면에 있는 가젯이 기온이 27도라고 알려주고 있었다. 더운 날씨인데 땀도 나지 않았고 내 몸은 완전히 식어있었다.

◆

현관에는 가족의 신발이 늘어서 있었다. 그중에서도 아

버지의 가죽구두가 심하게 낡았다. 조용히 신발장에서 구두용 크림을 꺼내 그 가죽구두 옆에 뒀다. 음? 안 닦을 건데? 안 만지고 싶으니까.

거실문을 여니 왼편에 텔레비전과 두 개의 소파가 보였다. 머리는 차갑게 식어있고 아무 생각 없이 현관으로 들어왔지만, 항상 집에 오면 먼저 무엇을 했는지 생각하며 멈춰 섰다.

"뭐해, '다녀왔습니다'라는 인사 정도는 하라고."

"어어, 다녀왔습니다……."

설거지하는 어머니의 말을 듣고 안쪽에 텔레비전이 있는 곳을 봤다. 분명 돌아오자마자 이 근처에 가방을 던져 뒀을 텐데…… 그리고 피곤하다면서 소파에 드러눕고 양말을——

"……옥상에서 말한 건 딱히 재현하지 않아도 돼."

"……시끄러워."

입구를 등지고 있는 소파에는 이미 거주자가 있었다. 거주자는 소파에 드러누워서 스마트폰을 만지작거리고 있었다. 한쪽 양말은 내던져져 있고, 다른 한쪽 양말은 잘 벗지 못했는지 발 중간에 말려있었다. 이 누나와 같은 학생회에 있는 미남들——K4가 탐낼만한 실로 무방비한 상태였다. 나는 어떠냐고? 허무할 뿐이지.

그런 폭군의 모습을 보고 어떤 것이 부족하다는 것을 알아차리고 살짝 히죽거렸다.

"——미안, 누나. 말을 난폭하게 했어."

"뭐……? 너……."

내민 봉투를 건네받고 그 안에 있는 고기만두를 본 누나가 복잡한 표정을 지었다. 이봐, 왜 그래. 먹어. 좋아하는 거잖아? 동생이 산 고기만두를 양 볼 가득 집어넣고 거만한 얼굴로 소파에 누워서 스마트폰을 만지작거리라고. 자자자.

"……피, 필요 없어."

"흐음……."

잘 생각해보니, 누나가 그 뒤에 고기만두를 사지 않고 빈손으로 돌아왔을 것 같진 않다. 이걸 주면 몇 개째일까. 아무리 그래도 이렇게 먹으면 살이 찌겠지. 난 체중계를 상대로 화내는 누나는 더 보고 싶지 않다. 내가 먹어야지 ♪

"——아니, 난폭한 짓을 당한 건 너잖아."

"아니, 그건……."

어이, 왜 그렇게 불쌍한 눈으로 날 보는 거야. 당신이 항상 나한테 하는 짓이라고요! 뭘 '나는 그쪽이 아니다'는 얼굴을 하는 거야. 야! 양말 내버려 두지 마!

"그래서, 그 애들이랑 뭐 했어?"

"심상치 않은 일이 있었다는 것처럼 묻지 마."

"마음이 딴 데 가 있잖아. 무슨 일 있었지?"

큭……! 사과했으면서 서슴없이 물어보고 있어. 대답하라는 건가? 내 청춘이네 뭐네 하면서 이상하게 걱정해줘서인지 엄청 대답하기 껄끄럽잖아…….

"……몰라. 너무 많은 일이 있어서 멍해졌을 뿐이야. 잠이나 빨리 자고 싶어."

"흠~, 그래. 아무래도 상관없지만."

아니, 말도 안 되지. 누나는 분명 신경 쓰일 것이다. 전해 들은 것에 더해서 누나 본인한테도 풋내 나는 말을 들었으니 말이지……. 누나가 걱정을 하고 있다고 생각하니 근질근질해서 참을 수가 없다. 너무 답답하잖아…….

"……그래, 나도 할 말이 있어."

"뭐, 뭐야……."

"다른 사람을 걱정하기 전에 자기 걱정을 하란 말이야. 아무래도 학생회 사람 네 명 전부는 너무 많다고. 동생으로서 어떻게 반응하면 좋을지 난처해."

"뭐……?! 아, 아니거든?! 그 녀석들은 그런……!"

"……뭐, 누나니까 고를 때는 고르겠지만, 나는 꿈과 이상에 사로잡힌 녀석이 무슨 짓을 벌이는지 잘 알고 있거든. 지금 그쪽 상황을 생각해두는 편이 좋지 않아?"

귀찮은 일은 사양이지만, 가족 일이라면 이야기는 달라진다. 집안의 분위기가 엄청 무거워지는 사태가 일어나는 건 싫으니까. 모처럼이니 이번 기회에 이런저런 말을 하자.

"──합!"

"어……?!"

손에 들고 있던 내 고기만두에 누나의 큰 입이 강습했다. 놀라서 놓아버린 만두는 순식간에 누나의 입 속으로 빨려 들어갔다. 너 이 폭군 녀석…… 볼이 어떻게 되먹은 거냐……!

"흥…… 어오에모메모모무모무모우모!"

"무슨 말 하는지 모르겠다고!!"

"으으응~?!"

입에서 고기만두가 비어져 나오고 볼이 **빵빵**하게 부푼 모습을 스마트폰으로 연속촬영. 서둘러 얼굴을 숨기는 누나를 곁눈질로 보며 거실에서 퇴각. 조만간 K4들과 접촉해서 팔기로 맹세했다.

그 후, 누나가 금속 배트를 가지고 비틀거리며 방에 들어왔을 때는 진짜로 죽는 줄 알았다.

2장 ♥ ⟨⋯⋯⋯⟩ ♥ 어른스러운 누나

──화요일. 어, 아직 화요일이라고?

복도 게시판에 있는 일력을 보고 깜짝 놀랐다. 어제가 너무 농밀해서인지 도저히 평일 이틀째라는 생각이 들지 않았다. '아, 피곤하구나'라고 생각하며 화장실의 거울에 비친 나를 봤다. 끝부분은 적당히 자르고 있지만, 한 달 반 정도 전에 염색한 갈색 머리를 완전히 내버려 두고 있어서 인지 뿌리부터 제법 멀리까지 까만 머리가 자라나 있었다. 게다가 염색이 남은 부분이 밝은 갈색이라, 꼭 푸딩 같은 모양새가 되어 있었다.

"이것은 투톤 컬러다."

끓어오른 수수께끼의 포지티브 소울이 내가 그렇게 말하도록 만들었다. 게다가 뭔가 멋지다. 이미 자기암시에 가까웠다. 전에는 뿌리 색에 엄청나게 집착했지만, 지금은 아무래도 좋다는 느낌이 들었다. 아직이다, 아직 활력이 부족하다. 떠올리는 거다, 어제의 나츠카와를⋯⋯ 화난 얼굴, 부끄러워하는 얼굴, 삐진 얼굴⋯⋯ 흐히히. 좋아 오케이!!

이러니저러니 해도 안정된 아침을 보내는 건 오랜만이라는 느낌이 들었다. 집을 나서서 편의점에서 더위를 식히고 점심밥을 사서 교문을 넘어섰다. 학교의 높은 분의 호출도, 귀찮은 일도 없이 멍하니 있는 아침은 최고다. 그래, 나에게 부족한 건 나만의 시간이야. 정말이지, 다들 날 놓아주질 않는다니깐.

복도는 상쾌. 수많은 교실에서 새어 나오는 에어컨의 냉기 덕분에 내 땀이 식어갔다. 컴온 평안, 작별이다, 겨드랑이 땀.

"아름다운 밤이다, 쾌적 공간."

"……아침인데?"

"사소한 건 신경 쓰지── 아, 안녕하세요. 나츠카와 씨."

"아, 아니 왜 갑자기 태도가 딱딱해지는 거야."

어제 그런 일이 있었는데 평범하게 대할 수 있을 줄 아셨습니까, 여신님? 잘 생각해보면 항상 있는 일이라는 느낌이 살짝 들긴 하지만, 편하게 얘기하는 건 좀 무리이지 않나요? 거북해, 파트라슈…… 안 돼 안 돼, 위험했다. 거북한 것만으로도 하늘로 불려갈 뻔했어. 아아. 오늘도 아름다워.

"아~…… 안녕, 나츠카와. 그리고 아시다."

"안녕~, 오늘도 덥네~. 부채질해줘, 사죠찌. 부채질."

"정말 덥다. 선크림 충분할까?(가성)"

"너, 그거 기분 나쁘니까 그만해."

여자의 대화에 끼어들기 위해서는 여자가 될 수밖에 없지 않나? 그렇게 하지 않으면 따라갈 자신이 없는데. 뭐?

평범하게 해도 괜찮다고? 뭐야, 처음부터 말하라고.

아시다가 나츠카와의 자리에 있는 건 자주 보는 광경이지만, 나츠카와가 아시다의 자리에 이야기하러 오는 건 보기 드문 광경이다. 역시 나츠카와도 아시다가 어제 보여준 박력을 이겨내지 못했나. 이해된다. 어제의 아시다는 무서웠다. 그리고 나츠카와는 귀여웠다.

"아아 맞다, 나츠카와. 언제 돼?"

"어?! 그, 그러니까…… 뭐가?"

"환상의 여동생, 아이리를 만나게 해주고 싶다고……."

"누, 누가 환상이야……! 아이리는 그런 게——"

"뭐, 나한테는 그랬어."

"윽……."

나한테는 '이름을 불러서는 안 되는 그 사람'이었으니까. 전에 이름을 입에 담았을 때는 이러니저러니 해도 대답은 해주던 나츠카와가 진짜로 일주일 동안 날 완전히 무시했었다. 내게는 트라우마다. 나에게 있어서 아이리는 두려움의 대상이기도 하다. 사진만 보면 천사인데 말이지. 존재를 의심하지는 않았지만, 화제에 별로 오르지 않으니 나츠카와는 외동이라는 인상이 강했다. 그리고 자신의 누나가 여신이라는 개념을 가지고 있지 않았으니까. 이유는 말할 것도 없고.

"자, 잠깐만! 준비, 준비한 다음에 말할 테니까……!"

"홈 시큐리티를 준비하는구나. 알았어."

"그런 식으로 말하면 슬퍼지지 않아⋯⋯?"

기기 설치부터 코스 선택, 매달 지불 계약에 대한 결정, 레슬링 여왕의 스케줄 조정 등등, 할 일은 많이 있을 테니까.

"근데 아이찌, 사죠찌 혼자만 데려갈 생각이야~? 꽤 위험하지 않아?"

"어, 어?!"

위험해? 그건 어떤 의미일까요? 나 혼자 있으면 언제 덮칠지 몰라서? 아니, 그렇게까지 경계하고 있으면 애초에 나를 못 만나게 하는 게 좋지 않아? 아니, 만나보고 싶긴 하지만.

"케, 케이! 다음 배구부의 휴일은⋯⋯!"

"대회 전이라서 말이지~⋯⋯ 솔직히 좀 힘들지도."

"⋯⋯."

타하하⋯⋯ 하고 웃으며 뒤통수를 만지는 아시다를 보고 나츠카와는 말문이 막힌 것처럼 입을 뻐끔거렸다. 음⋯⋯ 그렇게 쇼크받는 것도 귀여워──. 뭐, 아시다는 사람과 사람 사이의 완충재 역할을 잘하니까. 이런 경우에는 고마운 존재일지도 모르겠다. 다른 누구도 아닌 '나츠카와 아이카와 사죠 와타루'니까.

"그럼 몇 달쯤 뒤에는 되나⋯⋯?"

"몇 달 지나기 전에 두 번째 팀이 가지 않을까?"

"어, 뭐야, 두 번째 팀이라니?"

"그만큼 아이찌와 아이는 대인기라는 거야."

"뭐……? 그렇게 됐어?"

시라이와 사사키 그룹이 첫 번째 팀이라고 치면, 아직 두 번째 팀이 있는 건가. 추측이지만 야마자키는 안 되겠지. 그 녀석의 경박함은 코가나 무라타와 같이 노는 것 이전의 문제라서 악영향을 끼치니까. 그렇게 생각하면 두 번째 팀도 거의 여자만 가게 되나? 그렇다면 환영이지. 꼭 여자끼리 꺅꺅대며 신비롭게 놀았으면 한다. 그리고 나한테 사진을 줘.

"그, 그건…… 돼."

"뭐?"

"안 된다고 했어! 그게, 그렇게 하면…… 아이리가 사사키를——"

"어, 사사키?"

"아, 아무것도 아니야!"

"사사키를 죽이면 돼?"

"아니, 아무것도 아니라고 하고 있잖아. 사죠찌……."

사사키……! 잘은 모르겠지만 내 본능이 널 혼내주라고 말하고 있다고! 나츠카와의 입에서 네 이름이 나온 것만으로도 화가 치민다!

"뭐, 준비가 다 되면 알려줘. 시간 비울 거니까. 무슨 일이 있어도."

"어? 그, 그렇게 무리하지 않아도 되는데?"

"싫어, 무조건 갈 거야."

"떼쓰는 애냐."

아니, 그 뭐냐? 평온함이 제일인데요? 좋은 경험을 할 수 있다면 딱히 적극적으로 참여하지 않는 것도 아니라는 느낌이라고 할까요, 예. 합법적으로 나츠카와와 함께 있을 수 있는 게 행복하달까? 그보다 지금까지는 불법이었나……?

"……뭐, 뭐야…… 갑자기 적극적인데……."

"그야 나츠카와가 괜찮다고 하니까."

"아니…… 뭐, 뭘 들은 거야!"

"아니, 그렇지만 이 거리감── 오? 때려? 때릴 거야? 눈 떠버린다? 나 눈 떠버린다?"

"기분 나빠! 바보야!"

"감사합니다!(각성)"

아아, 뭘까 이 지복의 시간은…… 어제의 피로가 싹 날아가. 나츠카와가 나랑 평범하게 얘기해주는 게 정말이지. 이렇게 최고인 시간이 있을까? 꿈이라도 꾸고 있는 것 같아. 이런 일은 두 번 다시 없을 줄 알았다. 꽤 진지하게.

"아. 사쬬찌, 아이찌 도망갔어."

"───핫핫핫."

"안 듣고 있네."

◆

　시간의 흐름이 지독하게 느리게 느껴지게 되었다. 점심
시간에 도달할 때까지의 1초 1초가 피부로 느껴졌다. 이건
전부 나츠카와가 나를 집으로 데려간다고 선언(비약)했기
때문일 것이다. 언제가 될지 모르는 순간이 너무 기다려진
다. 상대성이론을 주창한 아인슈타인에게 누나가 직접 전
수해준 백드롭을 먹이고 싶은 기분이다.

　그러고 보니 누나라고 하니 생각났는데 오늘은 학생회
실에 오라는 말을 못 들었다. 까놓고 말해서 나도 시간을
갖고 싶으니까 만만세다. 거긴 유우키 선배가 있어서 엄청
거북하다.

　그리하여 점심때 바로 식당으로 직행하니 웬일로 항상
차 있는 창가 카운터 자리를 잡을 수 있었다. 별일 없이 앉
게 되어 괜찮아? 괜찮아? 라며 주위를 둘러보고 말았다.
그렇게 됐으니 고맙게 앉기로 했다. 밖은 더우니 말이
야…… 너하고는 더는 만나고 싶지 않아. 뭐? 너 말이야,
아포크린샘.

　기분은 최고다. 그 덕분인지 오늘은 편의점에서 한 개로
만족해버리는 에너지바를 두 개 사버렸다. 한 번 더 말한
다. 두 개다. 거기에 더해 빵도 샀으니 아마 나는 영양과

다로 무슨 수를 써도 멈추지 않게 될 것이다.

그보다 한 개만 먹어서는 전혀 만족스럽지 않은데……
부족하다고, 양적으로.

"그 뒷모습은…… 사죠인가?"

"으응……?"

이름이 불려 튀어나오진 않았지만, 짜자자잔. 교실에서
튀어나오면 그곳은 대미지가 적용되는 전장. 그렇다기보
다는 귀찮은 일이 굴러다니는 세상이다. 같은 반 녀석들이
이런 식으로 확인하듯이 말을 걸어올 리가 없으니 말이다.

뒤돌아보니 4인석에 앉은 세 명의 여자. 그래, 이것도 다
시 한번 말한다. 여자다. 그중 두 명은 최근에 아는 사이가
된 선배들이다. 뭐랄까, 잘도 찾아냈다는 생각이 들었다.

"아, 안녕하세요……."

뒤돌아서 머리에 손을 얹고 목을 상하로 가동. 후배 남
자의 인사는 이런 것이겠지. 그보다 아무것도 안 했는데
얼버무리는 듯한 거동을 취하는 내가 있었다. 선도부원 집
단 같은 건 평범하게 생각하면 무섭기만 하다고.

"……."

"잠깐, 아무렇지도 않게 다시 밥 먹지 마."

"어…… 안 돼?"

"거기선 보통 '같이 앉아도 되냐'고 부탁해야지."

"아니 멤버. 멤버가 엄청나잖아요."

시노미야 린 선배, 이나토미 유유 선배, 또 한 명의 여학생도 빠짐없이 팔에 '선도' 완장을 장비하고 있었다. 그거, 점심시간에도 달아야만 해? 마비·독 내성이 붙나? 그럼 나도 갖고 싶은데.

"안녕하세요! 사죠 군!"

"아, 네. 안녕하—— 어?"

그런 멤버들 속의 한 사람, 작은 몸집에 크고 빨간 리본을 달아 눈에 띄는 작은 동물 같은 여자아이가 나를 향해 기운차게 손을 흔들었다. 얘, 아이가 멋대로 고등학교에 들어오면 안 돼—— 아, 잠깐만, 시노미야 선배? 팔 잡는 힘이 좀 세지 않나요? 죄송합니다.

하지만 몇 번을 다시 봐도 그 소녀는 이나토미 선배였다. 꿋꿋하다기보다는 정말 기쁜 듯이 생글생글 웃는 얼굴로 나를 대했다. 뭐지, 날 만나서 그렇게 기쁜가?

"잠깐만요, 선배. 누군가요, 이 천사는?"

"정정해라, 대천사다."

"저기…… 눈빛이 너무 진지한데요."

겨우 며칠 사이에 이나토미 선배는 엄청난 진화를 맞이한 듯했다. 반짝반짝 둥실둥실한 느낌이 정말이지 한결같이 반짝이고 있었다. 뭐랄까, 머리를 쓰다듬고 싶다기보다는 쓰다듬어줬으면 한다는 느낌이 들었다. 오히려 쓰다듬어보고 싶다는 마음도 들지만.

"사죠 군! 같이 먹어요!"

"어, 네?"

"사죠, 유유도 이렇게 말하고 있다. 알겠지?"

"아, 네."

뭐야 이 연계는…… 어태커와 서포터의 콤비네이션이 심상치 않은데. 순식간에 포획당해서── 어, 잠깐만…… 설마 여자 셋이 날 맞아들이고 있는 거야? 그렇게 생각했더니 기분이 엄청 들뜨기 시작했다. 만족도가 장난 아니야. 그 에너지바에는 이런 은덕도 있는 거야?

"사죠 군은 뭐 먹고 있어요?"

"그…… 편의점에서 산 빵을…….."

"정말! 건강에 좋은 걸 제대로 먹어야죠!"

"아, 네…….."

시노미야 선배 옆에 앉아 선배 여자 세 명과 합석하게 되었다. 뭘까…… 요리 냄새와는 다른 좋은 냄새가 난다. 나의 올해 운이 바싹바싹 깎여나가는 걸 알 수 있었다. 잔량이 걱정된다. 그래도 행복하다…….

그렇지만 이는 당황하지 않을 수 없는 상황이다. 얼마 전까지 자신 없이 쭈뼛거리던 소녀가 쾌청한 푸른 하늘을 방불케 하는 웃음을 짓고 이야기하고 있기 때문이다. 소녀라기보다는 선배지만.

대체 무슨 일이 일어난 거지…… 어떻게 하면 그렇게 두

려움에 떨던 아이가 이렇게 밝아질 수 있는 거지? 마치 나츠카와가 시야에 들어온 순간 기분이 급격히 좋아지는 나 같은데…… 헉! 서, 설마……?!

"남자친구――"

"그럴 리가 있겠냐."

"귀귀귀귀……?! 떨어진다떨어진다떨어진다!!"

반응이 너무 빠르다고요, 선배. 내 귀 안 늘어났나? 싫다, 한쪽만 엘프 같은 형태가 되다니.

강하게 잡아당겨져 '아야야~' 하고 있으니, 이나토미 선배 옆에 앉아있는 처음 보는 선배와 눈이 맞았다.

"――그럴 리가 있겠냐."

"아니, 알았어요, 알겠다고요……."

이나토미 선배, 생각보다 사랑받고 있다는 설(設). 설마 처음 보는 선배 누나가 적의를 표할 줄은 몰랐다. 처음부터 경계당하고 있다. 뭐, 그런 여자도 있겠지 하고 생각했는데, 이 사람도 이나토미 선배와 관련되면 귀찮아지는 타입인 듯하다.

"아…… 사죠 군은 아야랑 만나는 게 처음이지. 미타 아야노야! 내 소꿉친구!"

"얘는 유유를 이렇게까지 훌륭하게 키워낸 우수한 후배야. 유유와 마찬가지로 선도부에 소속되어 있지."

"네에, 잘 부탁드립니다."

"⋯⋯잘 부탁해."

태도가 정말 무뚝뚝하다. 이나토미 선배의 알 수 없는 우호적인 태도가 나쁘게 영향을 끼치고 있는 걸지도 모른다. 모르는 사이에 소중한 소꿉친구가 거북해하던 남자에게 우호적인 태도를 보이면 '이 녀석 뭐지'라는 생각도 들겠지. 내가 그런 상황이 된다면 바로 학교 뒤편으로 부를 것이다.

"아야도 참! 왠지 무뚝뚝해!"

"그, 그렇지 않아!"

"뭐~, 뭔가 차가운데~."

이나토미 선배가 미타 선배를 나무랐다. 정말 위화감이 느껴지는 구도다. 어린아이에게 혼나서 기죽은 여고생처럼 보였다. 후자는 맞는데 말이지.

소꿉친구 콤비가 말다툼하는 사이에 시노미야 선배에게 살짝 말을 걸었다.

"저기⋯⋯ 이나토미 선배는 남자를 대하는 게 서투르다고 하지 않았나요?"

"지금도 서툴러. 하지만⋯⋯ 아마 넌 특별하겠지."

"네? 트, 특별⋯⋯? 제가?"

"──자, 아야! 한 번 더!"

소곤소곤 이야기하고 있으니 이나토미 선배가 미타 선배의 팔을 잡고 나와 마주 보게 했다. 와아, 얼굴 가득 억지로 만들어낸 웃음! 입가가 움찔거리고 있어! 대단해~!!
나중에 얻어맞을 것 같아~!!

"미, 미타 아야노야! 잘 부탁해……!"

"아니, 그렇게 무리하지 않아도 돼요……."

"유유를 위해서야! 말해두겠는데 널 위해서 하는 게 아니야!"

"아야도 참!"

"윽……."

"이나토미 선배도…… 저 그렇게 신경 안 쓰니까요."

폼으로 이때까지 불쾌하다는 취급을 받아온 게 아니다. 내가 헤쳐온 폭풍(매도) 속은 가혹하기 짝이 없었다. 하지만 그 덕분에 지금! 나는 이제 그것을 기분 좋다고 느끼기까지 하는 때가 있기도 하고 없기도 하고! 없었으면 좋겠네!

"잘 들어! 유유! 남자는 유유 같은 귀여운 애를 이상한 눈으로 보는 변태뿐이야! 좀 더 경계해야 한다고!"

"사, 사죠 군은 그런 애가 아닌걸!"

"그래, 사죠는 겁쟁이야."

"저기요? 옆에서 갑자기 비난하는 건 좀 너무한 거 아닌가요?"

진짜 깜짝 놀랐다. 절벽에서 갑자기 밀쳐진 기분이다. 옆에서 보호자처럼 있던 시노미야 선배가 설마 칼을 숨기고 있을 줄은…….

남자란 무엇인가. 그 주제에 대해 선배 여자 셋이 남자인 내 앞에서 뜨겁게 의논하기 시작했다. 이나토미 선배만 내 경우로 한정해서 이야기하고 있는 게 굉장히 부끄러웠다. 그보다 몇 번이나 만난 적은 없을 텐데……

　그런 평화롭고 불편한 시간이 이어졌고 헤어질 즈음에는 내 안의 이런저런 것들이 움츠러들어 있었다. 남자 얘기하는 여자, 무서워……. 이쪽이 여자공포증에 걸려버릴 것 같다. 시끄럽게 떠들면서 식기를 반납하러 가는 세 명을 바라봤다. 역시 여러 가지 의미로 어른이었어. 왠지 OL의 세계를 엿본 듯한 기분이 들었다. 겨우 한두 살 차이로 저렇게 되는구나.

　그런 어른 누나들을 멍하니 바라보고 있으니 한발 먼저 돌아온 시노미야 선배가 날 보고 히죽거리고 있었다.

　"……뭔가요."

　"어떤 기분이 들지? 유유의 성장한 모습을 보니."

　"정말 신기하네요. 여성용 VR시뮬레이션 게임이라도 시킨 건가요?"

　"아니, 그런 수단이…… 아니아니, 그런 건 안 시켰어. 유유는 내 아내야."

　"미타 선배는요?"

　"어머니."

　"설마 했는데……."

그러고 보니 이나토미 선배를 키웠느니 마느니 하는 말을 했었지. 이나토미 선배와 동갑인 후배를 연인의 어머니로 빗댔나요. 폼으로 출렁거리는 게 아니라는 건가…… 아니, 애초에 연인이 아니잖아 이 바보야! 꽁냥거릴 때는 제 앞에서 해주세요!

이상한 관계라고 생각하면서 만났을 때부터 계속 품어왔던 의문점을 선배에게 물어봤다. 이전에 내가 시노미야 선배에게만 말한 이나토미 선배의 마음에 안 드는 점.

"………이나토미 선배한테 말 안 했군요."

"흠…… 그때의 방과 후 일인가. 말할 필요가 있었나?"

"아뇨, 딱히……. 하지만 제가 이나토미 선배를 좋게 보지 않는다는 걸 아시잖아요. 선배라면 그런 남자 후배를 두 번 다시 이나토미 선배에게 접근하지 못 하게 할 줄 알았어요."

"그런 짓을 할 리가 없잖아. 그리고———"

못 본 척을 해서일까, 그때의 시노미야 선배의 고민하는 표정을 떠올릴 수 없었다. 하지만 떠올릴 필요가 없을 정도로 선배는 부드럽게 웃고 고민이 전혀 없는 듯한 표정으로 나를 봤다.

"난 유유를 바꿔준 은인을 절대로 저버리지 않아."

"……네? 은인이라고요?"

은인? 내가 왜 그렇게 거창한 사람이 되어 있는 거지?

이나토미 선배를 위해 뭔가를 한 기억은 딱히 없다. 그저 적당히 대답하고 귀찮은 일을 피하려고 했을 뿐이다. 그런데 은인이라고……?

"네가 말한 대로, 유유의 생각에는 확실히 오만함이 있었을지도 몰라. 그래도 말이다, 사죠. 타당함이나 합리성이 필요했던 게 아니었어. 유유에게는 받아들여 주는 존재…… 상대하기 거북한 남자에게도 좋은 점이 있다는 실마리가 필요했던 거야."

"실마리, 말인가요……."

"그때 네가 직접 유유에게 한 말이나 맞장구는 표면상으로 한 것에 지나지 않았을지도 모르지. 하지만 그건 더디더라도 유유에게 자신감을 주는 말이었어. 그때부터 그녀는 계단을 뛰어 올라가는 것처럼 기세를 탔어. 듣기엔 안 좋지만, 심할 정도로 소심한 그녀에게 있어서는 오히려 딱 좋은 경향이었지."

"……."

"과정이 어찌 되었든…… 그 계기를 준 건 사죠, 다름 아닌 너야."

"그건 그냥 우연이잖아요."

"상관없어. 그 우연 또한 네가 '쓸데없는 참견'이라고 한 호의가 없었다면 일어날 수 없었어."

"……."

산뜻함이라고는 없는 남자가 인적이 없는 곳에서 여자에게 말을 걸면 그 여자는 겁을 먹는다. 그 생각은 지금도 변하지 않았고, 똑같은 과오는 두 번 다시 반복하지 않겠다고 마음먹었다. 만약 똑같이 무거워 보이는 짐을 옮기는 여학생이 혼자 있다고 하더라도 아마 아는 사람이 아닌 이상은 보고도 못 본 체를 할 것이다.

"더는 그렇게 말을 거는 일은 없을걸요?"

"그것도 상관없어. 딱히 그런다고 해서 나쁜 일이 일어나는 것도 아니야. 이번에는 그저 좋은 일이 일어났지."

"뭐…… 결과적으로는 그렇겠죠."

남자가 무섭다…… 까딱 잘못하면 선생님에게 불려갈 가능성도 있었을 것이다. 그 상황에 나쁜 일이 일어난다고 한다면 틀림없이 나에게 일어났을 것이다. 어쩌면 이나토미 선배보다 내가 더 운이 좋았던 걸지도 모르겠다.

"자신을 가져라, 사죠. 넌 유유뿐만이 아니라 내 고민마저 해결했으니까."

"제가 뭘 했던가요?"

"네 말대로 고민하는 후배에게 '걱정하지 마라'고 말하면서 어깨를 툭툭 쳐줬어. 그랬더니 유유가 말이지…… 유유가 기쁜 듯이 기대와서는 정말, 정말이지……!"

"'정말이지……!'라니."

빨간 리본 소녀를 어루만지는 선배가 머릿속에 그려졌

다. 상상만 해도 코끝이 찡해졌다. 이거 큰일이네요……
감사 인사를 하고 있는데 죄송합니다. 잠깐 위 좀 쳐다봐
도 괜찮을까요.

"……인과구나."

"뭔가요, 그 대하드라마 같은 대사는."

"아니 그 뭐냐, 네가 설마 카에데의 동생일 줄은 몰랐어.
설마 싶어서 물어봤다가 깜짝 놀랐어."

"……! 역시 누나와는 아는 사이군요."

"1학년 초창기 때부터 알고 지냈어. 그때의 그 녀석한테
는 나도 애먹었다고."

2년 전의 누나…… 입학한 다음 날에 금발로 염색해서
갸루로 데뷔한 그 시절인가. 나도 꿈과 이상에 사로잡혀
있던 시기이긴 하지만, 처음 그런 누나를 봤을 때는 '이 녀
석 진심인가'라고 생각했다.

"아~…… 그 시절 말이죠."

"그래, 넌 동생이니까 알고 있나. 도저히 봐줄 수가 없어
서…… 현재의 그 녀석의 모습으로 궤도를 수정하기 위해
시간과 노력을 얼마나 들였는지 기억도 안 나."

"안 듣고 싶습다. 셧업."

"크큭…….."

누나의 흑역사 같은 건 약점을 잡을 수 있다 해도 굳이
듣고 싶지 않다. 정신을 차리고 보니 알 수 없는 거부반응

이 작용해서 귀를 막고 그 자리에서 도망치고 있었다. 뒤에서 냉소하는 시노미야 선배의 목소리가 머릿속까지 묘하게 울려 퍼졌다.

"또 보자! 와타루!"

그만해! 갑자기 마음의 거리를 좁히지 말아줘! 나 폭발할 거야! 파이널 익스플로전!

자신감을 가지라고 해도 곤란하다. 그래, 난 딱히 자신감을 잃은 게 아니라 지나친 자신감을 버렸을 뿐이다. 그 부분을 착각하면 곤란하다고, 린 선배! 어머 싫다, 내 마음이 다가가고 있어?!

어른스러운 누나, 완전 무서워.

3장 ♥ ‹⋯⋯⋯› ♥ 얽히는 감정

"사사키⋯⋯? 왜 머리를 싸매고 있는 거야?"

"누구 때문이라고 생각하냐⋯⋯."

수업 막간, 화장실에 갔다가 돌아오니 시야 안에서 뭔가 심각해 보이는 녀석을 발견했다. 머리를 감싸고 책상 위에 상반신을 늘어뜨리고 있었다.

잠깐만, 누구 탓이냐니, 혹시 내 탓? 아니아니, 무슨 일이야. 이 녀석에게 엄습하는 트러블은 대부분 브라콘인 여동생 관련── 응? 사사키의 여동생⋯⋯?

'사진 감사합니다. 저도 어린이가 될게요.'

"──아."

⋯⋯그건가? 사사키가 거만한 얼굴로 아이리를 자랑하러 왔을 때 유키한테 일러바친 그건가? 설마 했던 변신 선언에 오빠의 친구는 깜짝 놀라고 말았어. 아냐, 설마 그랬겠어! 핫핫하!

"⋯⋯유키, 어떻게 됐어?"

"란도셀을── 아니, 아무것도 아냐."

"충격적인 세 글자가 들렸는데?"

사사키 유키(14세). 떠오르는 기억 대부분이 미소 짓는 얼굴로 사사키의 팔에 달라붙어 있는 광경뿐이다. 전에 사사키네 집에 놀러 갔을 때는 야마자키를 포함해서 메시지 ID를 물어봤을 때는 기뻤지만, 설마 사사키의 학교에서의 동향을 보고해달라고 빈틈없이 의뢰할 줄은 몰랐다. 그래도 자기 여동생이라 생각하면 귀여운데…… 어떤 성격이더라도 자기한테 응석을 부리면 귀엽지 않나? 역시 실제 오빠라면 나와는 보는 시각이 다르겠지.

"나츠카와의 동생하고 바람을 피우니까 그렇지, 바보야."

"아니야! 난 아이리가 아니라 나——— 아……."

"……."

적당한 톤으로 말을 하려다가 당황해서 입을 닫는 사사키. 나는 그 이유가 바로 짐작이 갔다. 그리고 동시에 가슴속이 삭 식어가는 게 느껴졌다. 그렇지만 가슴 속에 있는 것을 그대로 드러낼 생각은 없었다.

"…………그런가."

"'그런가'라니, 너……."

"딱히 뭐라 할 생각은 없어. 오히려 반하지 않는 녀석이 이 세상에 존재할까?"

"아니, 그건 모르지만, 너는 그걸로 괜찮은 거냐?"

"정하는 건 당사자의 문제잖아. 네가 어떤 행동을 한다고 해도 그걸 평가하는 건 나츠카와야. 내가 그걸 방해할 권리는 없어. 널 대하는 내 태도가 차갑게 변하긴 하겠지만."

"결국은 변하는 거냐……."

"싫은 건 싫은 거니까."

엄청 좋아하는 아이돌에게 갑자기 다른 남자의 그림자가 드리우면 누구라도 싫지 않아? 나는 눈앞에 그 그림자 본체가 있다면 정면에서 '네가 싫다'고 말해줄 것이다. 이대로 말을 전혀 섞지 않게 되더라도 상관없다. 아마 만나서 이야기를 해도 영원히 거북함이 느껴질 뿐일 테니.

"사죠, 난 진지하게 노릴 거다."

"뭘 또 뜨거워지고 있냐."

"………."

사사키는 내가 차갑게 대하기 전에 자리에서 일어나 교실에서 나갔다. 스쳐 지나갈 때 자신감에 찬 눈으로 바라보는 모습이 가슴 깊이 새겨졌다. 나는 그 모습에 살짝 화가 났다. 뭐가 화가 나느냐 하면 그 모든 일련의 동작들이 멋진 게 화가 난단 말이다 젠장. 얼굴이 반반하면 저런 동작마저 멋져 보이는 건가? 역시 멋을 내는 건 결국 '누가 하는가'가 중요하단 말이지…….

의외인 점은 저 녀석이 날 노골적으로 라이벌처럼 보기 시작했다는 점이다. 사사키처럼 산뜻한 얼굴을 가진 녀석의 라이벌은 좀 더 잘생긴 녀석이어야 하지 않나? 나 같은 걸 눈엣가시로 여기면 나만 두들겨 맞을 게 뻔하잖아…….

"사사키……인가."

나츠카와를 인기인으로 만들기 위해 멋대로 프로듀스

대작전을 선언했을 때부터 이런 날이 오지 않을까 하는 생각을 하고 있었다. 예전에 나츠카와를 따라다니던 나는 나름대로 괜찮은 남자 기피제 역할도 하고 있었다. 그 남자 기피제가 사라진 지금, 저렇게 귀여움을 뿌리고 다니는 나츠카와를 주위 남자가 가만히 둘 리 없다. 모든 것은 그때부터 예감하고 있었던 일이다.

내가 사사키를 인정하고 있는지 어떤지는 잘 모르겠다. 야마자키와 둘이서 하찮은 악당처럼 '잘생긴 놈'이라 부르며 시비를 걸고 서로 장난을 치던 사이다. 주위 여자에게 '시끄럽다'는 말을 듣고 입을 다무는 것까지가 평소의 흐름. 어라? 전혀 상대할 수 없는 거 아냐? 그리고 농구부에 키가 큰 야마자키는 왜 이쪽 편이지?

나츠카와와 같은 높은 절벽 위의 꽃을 어떻게 해보자는 교만은 더 이상 부리지 않는다. 하지만 내가 아니라면, 이왕이면 '하핫, 어쩔 수 없네'라고 말할 수 있을 정도의 남자와 사귀었으면 한다. 그렇기에 사사키가 그럴 생각이라면 나는 확인할 것이다. 겉모습은 미남인 그 녀석이 진짜로 남자로서 미남인지 아닌지. 동생이 그렇게나 좋아하니 나쁜 녀석은 아닐 테지만, 가능한 한 구석구석 확인하자.

◆

확인? 그딴 건 아무래도 좋아. 사사키? 그게 누구야?

눈앞에서 쭈뼛거리는 나츠카와를 보고 생각했다. 출입
구의 신발장 앞에서 갑자기 소매를 붙잡혀 뒤돌아보니 여
신이라 해야 할까 뭐라 해야 할까…… 말로는 표현할 수
없는 귀여운 것이 있었다. 미안, 사사키보다 이분은 누구
신가요?

내 결의 따윈 소보로와 다를 바가 없었다. 모르는 사이
에 부슬부슬부슬 하고 부스러진다. 사사키는 정말이지 아
무래도 좋다는 느낌이 들었다. 안 됐구나, 나츠카와. 그런
공격은 안 통해. 난 고무 인간이니까! 입가만. 에헤헤.

"저기…… 대체 무슨, 귀여워."

"아, 안 귀여워."

말하는 도중에 고개를 획 돌리는 그 동작에 가슴이 쿵.
캐치볼 하듯이 대화를 하다가 잡은 순간에 글러브를 팽개
치고 구장 한가운데로 뛰쳐나가 미친 듯이 소리를 지를 정
도로 귀여웠다. 자제심을 좀 더 가져줘…… 살짝 토라진
듯이 때린 부분에서 꽃이 필 것 같다. 이윽고 나는 숲의 요
정이――― 뭐? 맨드레이크? 아니거든.

나츠카와는 붙잡은 소매를 놓으려 하지 않았다. 정말 아
찔하다. 내 모든 신경이 그쪽에 쏠려있었다. 머리가 전혀
안 돌아가. 나츠카와는 고개를 숙이고 있어서 잘 안 보였
다. 그보다 나츠카와는 이렇게 작았나? 아시다랑 나란히

서도 그렇게 불균형한 콤비로는 안 보였는데…….

나츠카와의 얼굴을 보지 않으려고 몸을 굽히는 김에 물어봤다.

"……음? 여동생 일이었나……?"

"아, 아이리야…… 외워…….."

"아, 네."

난 지금까지 누나에게 수없이 공격을 받아왔다. 그 모든 것을 견뎠기에 지금의 내가 있다. 근데 이건 뭐지? 살상력은 한없이 낮은데 지금 난 그야말로 죽을 것만 같았다. 정화돼서 사라져버릴 것만 같아. 상기된 얼굴로 올려다보는 것 정도로 왜 이렇게 되는 거지? 나츠카와가 여신이라서? 어, 그보다 난 언데드였나?

아이리와 절대로 못 만나게 하겠다고 단언했다가 말을 바꾼 것이다. 아무래도 나츠카와도 상당히 거북하고 부끄러운 것이 틀림없다. 볼 만지면 화내려나…… 화내겠지…… 까딱하면 신고당하겠지…… 따끔따끔할 것 같아…….

"저기…… 언제 갈지를 이야기하려고?"

"……."

나츠카와는 고개를 끄덕이고 내 소매에서 손을 떼는가 싶었더니 다시 바로 똑같은 곳을 잡았다. 그러는가 싶더니 다시 놓고, 엄청 주저하는 모습으로 잡으려다가 그만두고 그 손을 내렸다. 결혼하자.

……뭐, 아무튼 마음은 짐작할 수 있을 것 같다. 아시다가 말한 게 거짓말이 아니라면, 나츠카와는 나를 같은 그룹의 일원으로 받아들이고 있다. 하지만 그건 어디까지나 아시다의 주관이지, 내가 나츠카와를 볼 때는 그걸 인정하고 싶지 않다는 느낌을 엿볼 수 있었다.

원인은 나와 나츠카와가 서로 이성으로서 의식하고 있기 때문이다. 나는 연애 감정을, 나츠카와는 나라는 남자에 대한 혐오감. 하지만 아시다는 거기에 초점을 맞추지 않았다. 그 녀석이 말한 건 아마 이성으로서의 관계가 아니라, 동료로서의 관계일 것이다.

남녀 사이에도 우정은 성립한다. 실제로 나와 아시다가 그렇다. 만약 우정이 성립하지 않는다고 하면, 남녀가 여럿 있는 그룹은 아주 복잡한 관계를 쌓고 있단 의미가 되지 않겠는가.

뭐, 실제로는 그런 그룹 애들도 가능한 서로를 이성으로 의식하지 않는 관계성일 거다. 근데 그 관계성이 우정이 아니라고 한다면, 그건 대체 무엇인가. 어둠이 너무 짙잖아. 그것도 우정이라고.

아시다는 반복해서 내가 나츠카와의 테두리 안에 있는 사람이라고 말했다. 그리고 나츠카와는 나의 '이성(異性)'이라는 부분을 거절하면서도 아이리를 사이에 두고 스스로 납득할 수 없는 감정이 들어 당황하고 있다. 이건 나츠카와의 행동만 보아도 알 수 있는 사실이다. 이런 점들을 미루어보면 아시다가 한 말도 꼭 틀린 건 아닐 것이다.

그렇다면 나츠카와의 초조한 감정을 씻어내기 위해 내가 할 수 있는 일은── 남자가 아닌 '사죠 와타루'가 되어 말을 하기 쉽도록 받침 접시가 되는 것이다.

"……있잖아, 별로 신경 안 썼어."

"어?"

"지금까지 아이리와 만나게 못 하게 했던 게 마음에 걸리는 거지?"

안심해도 좋고 화내도 좋다. 미움받아도── 난 어차피 이미 차인 몸이다.

"따, 딱히 그런 게────"

"감추기에는 늦지 않았을까. 다들 안다고, 지금 나츠카와가 어떤지."

"아, 으……."

나라서 아는 게 아니다. 주변 녀석들도 요즘 나츠카와가 이상하다는 것 정도는 바로 알아차렸을 거다. 까놓고 말해서 지금의 나츠카와는 아무에게도 보여주고 싶지 않았다. 어라? 내 욕망이 무의식적으로 스며 나오는데……?

"만날 수 있다면 만나고 싶어. 난 대환영이니까. 언제든 좋으니까 나츠카와가 하고 싶을 대로 하면 돼."

"아……."

사실은 사진을 처음 봤을 때부터 만나고 싶다고 생각했습니다── 아니, 유녀(幼女)를 보고 무슨 생각을 하는 거냐, 난. 첫 맞선에 들뜬 30대 독신이냐. 아니, 다른 사람의 여동생을 유녀라고 부른 시점부터 이미 아웃이잖아. 뭐, 야마자키 같은 녀석과 친하게 지낼 정도니 말 다 했지.

　"──어, 어쩔 수 없네! 그, 그렇게까지 말하면 소개 못할 것도 없지!"

　"오오."

　그래, 바로 그거야 나츠카와. 그렇게 하면 말할 수 있겠지. 심술쟁이 같은 자신을 질책하지 않아도 되잖아. 그렇게 하면 자신의 마음에 솔직해질 수 있겠지. 그렇게 하면 계속 나를 신경 쓸 필요도 없어지겠지. 나츠카와를 좋아하는 남자로서── 아니, 난 팬으로서 나츠카와가 웃었으면 좋겠다. 그것이야말로 나의 행복. 그것을 위해서라면 다소의 초조함은 내가 참아주지. 그러니 지금은 잡념은 전부 버리고──

　"──고마워, 나츠카와."

　"으……."

　이거 봐라, 이걸로 나츠카와도 이상하게 신경 쓰는 일 없이── 아니, 왜 입가를 가리고 부들부들 떨고 있는 거야? 어, 웃고 있어? 내 얼굴이 그렇게 이상했나? 그야 내가 진심으로 이상한 표정을 지으면 후쿠와라이*의 신이라

───────

*얼굴의 윤곽을 그린 종이 위에 눈, 코, 입 등의 조각을 흩뜨려 놓고 눈가리개를 한 사람이 그것을 적당한 위치에 놓는 놀이. 이상하게 완성된 얼굴 그림을 보고 웃고 즐기는 놀이다

도 그냥 넘어가진 않겠지. 하지만 지금 건 진지하게……
아니, 그렇게 빨개질 정도는── 아니 잠깐만, 귀엽잖아.
아, 잡념이──.

4장 ♥ ⟨··············⟩ ♥ 여신과 천사와 마왕의 성

"——어?"

"그, 그러니까……! 너만 괜찮으면———!"

가슴이 찢어질 듯한 심정으로 사념을 억누르고 실내화로 갈아 신으려고 했을 때 손에 든 로퍼를 떨어뜨렸다. 생각보다 멀리 굴러가서 그걸 주우러 가는 상당히 멋없는 모습을 보였다.

저기, 나츠카와 씨…… 오늘이라고 하셨습니까? 진심입니까?

이 무슨 갑작스러운 이야기—— 아니, 사실은 별로 갑작스럽지도 않나? 나는 멋대로 나츠카와가 나만 데려간다는 가능성을 완전히 배제하고 있었다. 아니, 적어도 오늘은 아닐 줄 알았다.

"어…… 그, 뭔가 준비해야 한다고 하지 않았어?"

"그, 그건………… 마, 마음의 준비!"

"귀여워."

"귀, 귀엽다고 하지 마, 바보야!"

"아니, 미안. 리비도가."

"……전에 케이도 말했는데 뭐야 그게……."

어, 아시다도 말했어……? 아시다가 나츠카와한테 리비

61

도를 느꼈어? 혹시 난 아시다의 라이벌이었나? 어머나, 백합 냄새가 풍기기 시작했어. 이제 저 같은 건 틀어박혀 있을 테니 거리낌 없이 리비도를 느껴주세요. 엄청 좋아합니다. 가능하면 제 앞에서.

아니, 이젠 분에 넘치는 소리는 하지 않을 거고 할 수도 없어. 잘 생각해보면 나츠카와가 나를 상대해주는 것만으로도 더할 나위 없는 행복이니까. 악수회 티켓은 어디서 얻나요.

……어, 그럼 뭐야, 나 지금부터 나츠카와네 집에 가는 거야? 엄청나지 않아? 그거 엄청난 일 아냐? 아시다가 말한 엄청남이라는 게 이런 거였나? 완전 엄청난데. 뭔가 과자 선물 같은 걸── 아이리, 음…… 하리보?

◆

집에 가는 길이 그립게 느껴진다. 바로 얼마 전의 일인데 그런 감상이 강하게 샘솟았다. 4월부터 나츠카와와 함께 이 길로 몇 번이나 돌아갔을까. 난 그저 쫓아다녔을 뿐이지만. 하핫.

그리고 그때와 다른 점은 나츠카와가 내 앞을 성큼성큼 걷는 게 아니라, 내 옆에 있다는 점이다. 정말 낯간지럽다.

"있잖아, 나츠카와."

"뭐, 뭐야."

"생각보다 많이 긴장돼서 죽을 것 같아."

"왜, 왜 긴장하는 거야!"

"나츠카와랑 둘이서만 있어서 그렇지."

"뭐……?!"

"아니, 모르겠어? 내 다리를 봐, 바들바들 떨리고 있잖아."

"진짜 떨고 있어……."

굳이 말 안 해도 되는데. 너, 내가 널 어떻게 생각하는지 알고 있지? 이해할 수 있어? 지금 내가 느끼는 이 기분을? 천국에 있지만, 고문을 받는 느낌이라고. 배가 가득 찼는데 정말 좋아하는 음식이니 먹으라면서 거대 햄버그스테이크가 나왔단 말이야. 이건 전부 이쪽의 마음 준비가 안되어 있기 때문이라고나 할까…… 즉 그런 겁니다, 중사님. 받침 접시 같은 걸 할 때가 아니었어☆

"그렇게 긴장 안 해도 돼……."

"그럼 뻔뻔하게 나갈게. 이제 긴장을 파워로 바꿀 거야."

"그, 그래……."

그래, 생각하는 거다. 이건 딱히 야한 전개가 아니다. 나츠카와가 단순히 나를 동생에게 소개하는 것일 뿐. 그래, 그뿐이다. 나츠카와가 나와 함께 돌아가는 건 절차에 불과하다. 다시 말해서 이 상황은 사무적인 과정이다.

그렇지만 지금 이 상황에 무슨 이야기를 하면 좋은가.

나에게 집 위치를 가르쳐줘도 좋은지, 날 집에 들여도 괜찮은지 물어보고 싶지만, 그걸 물어보면 '그럼 왜 지금까지 안 됐던 거야?'라는 이야기로 이어지니 안 된다. 그 질문은 아마 나츠카와를 또 괴롭게 할 것이다. 그러니 뭔가 다른 화제로 이야기하자.

"……동생은 어떤 애야? 스마트폰으로 찍은 사진으로밖에 못 봐서 말이야. 참고로 내 누나는 고릴라야."

"너, 누나랑 화해한 거 맞지……?"

"했다고 생각해. 고기만두를 입에 처넣어 뒀으니까."

"무슨 짓이야! 그러면 누나가 화내잖아!"

길길이 화내는 나츠카와. 이게 또 귀엽단 말이지. 아니, 진짜 처넣은 건 아닌데. 뭣하면 스스로 입에 처넣으러 갔을 테니까. 그 영장류는.

하지만 그게 우리 남매가 살아가는 모습이랄까? 서로 근황 보고를 하는 것과 비슷하다. 타임라인과 마찬가지. 남매가 있는 가정은 어디든 똑같지 않을까.

"그래서 화를 내면서 주먹으로 이야기를 하려다가 결국 내가 이야기를 듣기만 하는 게 우리 스킨십이야. 잘 생각해보면 속마음을 제일 잘 드러내는 건 누나일 테니까…… 누나는 어떻게 생각할지 모르겠지만."

속마음이랄까, 누나가 물리적으로 배를 까서 보여주는 남자가 있다고 한다면 나 정도겠지. 그거, 다른 남자가 보

면 진짜 위험하지 않나? 나츠카와로 상상하면—— 그만두
자, 지금은 그만둬. 뭔가 엄청난 분위기가 될 것 같다.

"그, 그래? 그런 스킨십도 있구나……."

"뭐, 이런 가족 관계는 내가 나츠카와보다 선배니까, 동
생이 고기만두를 입에 처넣으면 알려줘. 상담해줄게."

"아이리가 그런 짓을 하는 날은 미래영겁 안 와."

아니, 그건 모를 일이라고. 어린아이도 10년이나 지나면
바뀐다. 누나도 10년 전에는 고릴라 같은 게—— 어라, 이
상하네……. 옛날부터 인상이 안 변했어. 그네를 타고 한
바퀴 돌라는 엄청 무모한 명령을 받은 걸 기억해냈다.

"아이리는…… 그렇네, 아이리는……."

"응."

"——천사야."

"응, 나츠카와가 엄청나게 귀여워한다는 건 알겠어."

진심이었다. 난 나츠카와 이외에도 천사인가 뭔가를 귀
여워하는 선배를 알고 있다. 그런 경험이 있어서인지 나츠
카와가 동생에게 얼마나 심취했는지를 알아차렸다. 뭐, 그
엄청 귀여운 사진을 보면 무리도 아니지.

"그래서? 사랑스러운 포인트 같은 게 있는 거야?"

"어? 음…… 나한테 완전히 안심하고 있다는 점."

"어, 알 수 있는 거야?"

"있잖아, 안아 올리면 몸 전체를 나한테 기대…… 모든

힘을 빼고 스르륵 잠이 든다고 해야 할까."

"……."

으음…… 귀여워! 동생 이야기를 하면 말투가 부드러워지는 나츠카와 완전 귀여워!! 아니, 나한테 이렇게 부드러운 표정을 보여준 적이 있나?! 몇 년이나 봐왔는데 이런 얼굴을 처음 봤는데 어떻게 된 거야?! 정말이지…… 나 오늘 죽는 거 아냐?!

"일단 말해두겠지만, 나한테 사사키 같은 오빠 느낌을 기대하지 말라고. 잘 생각해보니 어린아이랑 접한 적이 거의 없으니까."

"아…… 그렇네. 너 동생이지……."

"기대하고 있었어?"

"아, 안 했거든! 까불지 마!"

"그래서 그, 참고만 하려는데 사사키는 어떤 식으로 대했는지를……."

"……보아하니 허들을 낮출 생각이구나…… 그냥 평범하게 있으면 괜찮아."

그야 미움받고 싶지 않으니 그럴 수밖에…… 평범하게 있는다는 건 어떻게 하면 되는 거지? 지금까지 평범하게 있으면서 기분 나쁘다는 말을 들어왔는데요.

아니, 진짜로 어떻게 하면 아이가 잘 따르는 거지? 처음 보는 아이와 친하게 지내는 방법 같은 게 전혀 안 떠오르는데요. 그보다 괜찮나? 내 머리카락 색깔은 처음 만나는 녀석이 보면 아마 악동 같은 인상을 품을 수도 있는데……아, 이거 위험하네요.

"저기, 나츠카와 씨……."

"뭐, 뭐야."

"……집에 가도 돼?"

"뭐, 뭐어?! 왜 여기까지 와서 그런 소리를 하는 건데?!"

"그게, 긴장돼서 온몸이 찌부러질 것 같은걸……."

"'같은걸' 같은 소리 하지 마! 그, 그러니까 그 모양이지!"

"윽……."

지금까지 나츠카와가 무슨 말을 해도 상처받지 않았지만 그렇게 객관적으로 말하면 약해진다. 자존심이! 내 자존심이! 독 안개 스테이지의 HP처럼 순식간에 깎여나간다……!

"돼, 됐으니까 와! 여기까지 와서 돌아가는 건 아니잖아!"

"아, 잠깐……."

팔을 잡혀 항상 걷는 길과는 다른 길로 끌려갔다. 이 앞에 나츠카와의 집이 있겠지. 어후…… 내 머리의 맵핑 기능이 멋대로 풀가동 하고 있어. 결국 내 몸은 아직 나츠카와에게 일편단심이라는 것인가. 미안해, 전국의 나츠카와 팬 분들…… 난 오늘 나츠카와네 집에 가.

"아아아아아아………."

"정말, 목소리! 그렇게 긴장할 것 없어……."

아니, 애초에 좋아하는 사람의 집에 가려는 시점부터 말이지…… 이해되지? 이해 안 돼? 이해해줘, 부탁이야! 내 기분 알지, 나츠카와 씨……! 기쁜데 기쁘지 않아! 무서워! 도깨비 섬이야!

시종일관 거동이 수상하면 어쩌지…… 그렇게 되면 진짜로 나츠카와와는 거리를 둘 수밖에 없어. 그렇지만 내가 괴로운 걸………… 이건가, 이게 기분 나쁘다는 건가.

"나츠카와…… 지금 와서 든 생각인데, 생각보다 적극적으로 남자를 집에 끌고 갈 수 있구나."

"끄, 끌고 간다는 말 쓰지 마!"

"아니, 실제로 위험하다고 생각해. 이 상황……."

"읏……."

위험해라. 나츠카와를 위해서라면 어떤 곳이라도 따라갈 수 있을 것 같은 느낌이 들었지만, 내 생각보다 현실적인 면이 이 희한한 상황에서 도망치려 하고 있어. 전혀 조용히 못 따라가고 있잖아. 말이 술술 나오네.

"…………뭐, 뭐가 이상한데."

"……어?"

"2, 2년 반이나 같이 있었잖아. 집에 들이는 게 뭐가 이상한데…… 딱히 이상한 점도 없잖아."

"이상한 게 없다고……? 이상하지 않다, 이상하지 않

다……."

"에, 에엣……?!"

그렇네…… 잘 생각해보니 이제 곧 2년 반이나 되나. 확실히 나츠카와의 말대로야. 그렇게 따라다녔으면 이성이라고 해도 혼자 집에 들여도 위화감은 없는…… 건가?

나츠카와가 나랑 쭉 같이 있었다고 인식하고 있는 게 정말 놀랍고, 마음의 거리가 너무 멀어서 오히려 나한테 '함께했다'는 인식이 없었어.

이렇게 됐으면 이제는 버티는 수밖에 없다. 할 수 있다, 나라면 할 수 있다. 긴장으로 인한 복통? 하핫, 누나의 명치 펀치가 100배는 더 아프다고. 버텨줘, 내 이성……! 현실도피 3배다아아아앗!!

◆

마왕의 성이냐…….

겉보기에는 평범한 단독주택……일 텐데, 커다랗고 우뚝 솟아 있는 것처럼 보이는 건 왜일까? 내가 사는 집은 집이 아니라 마구간이었나?

"자, 자아 가자(가성)."

"아이리 앞에서 그 캐릭터 유지하지 마……."

"윽……."

"왜, 왜 울려고 하는 거야."

여자애가 되는 작전은 기각되었다. 그렇다면 내가 할 수 있는 일은 무엇인가. 그렇다, 포기하는 것이다. 이젠 다리가 떨리는 것과 머릿속이 새하얘진 것을 받아들이는 것이다. 어떻게든 돼라. 해탈할 거야. 오너라, 붓다.

"그, 그렇게 싫어……?"

"큰일이다, 동생을 엄청 만나고 싶어졌어. 나중에 꼭 안아도 돼?"

"때릴 거야."

"히잉."

위험했다. 자칫하면 주저앉을 뻔했다. 입으로는 '히잉'이었지만, 마음은 '꺄잉'이었다. 인간은 미동도 하지 않은 채로 얼굴에 박력을 더할 수 있네요. 내가 개였으면 꼬리를 축 늘어뜨렸을 거야. 끄응.

"정말, 빨리 가자!"

"으헷, 아, 알았어, 알았으니까……!"

나츠카와, 사실은 육식계이거나 하는 건 아니겠지? 이거 옆에서 보면 남자를 집에 끌고 들어가는 모습이라고. 그런 중요한 역할을 맡겨주셔서 영광으로 생각합니다. 그런데 저의 억누를 수 없는 충동은 어떻게 하면 좋을까요. 바다. 나중에 혼자 바다에 가자.

"조, 조용히 들어와."

"엑? 어째서?"

"엄마한테 들키잖아."

"어머님이 집에 계셨나요……."

극한의 대외용 표정을 지은 영업맨의 생령 같은 게 나에게 씌었다. 좋은 판단이다. 만일의 경우에는 이걸로 가자. 그보다 난 어머니한테 들키면 안 되나? 평범하게 인사 정도는 할 건데. 과자 선물 같은 건 없지만. 설마 보여주고 싶지 않다던가? 어? 아니지……?

살금살금 움직이기 시작한 나츠카와의 뒤를 똑같이 따라갔다. 이거 괜찮나? 들키면 꺼림칙한 짓을 하려는 것처럼 비치지 않아?

"……!"

나츠카와가 현관문을 열고 들어갔을 때 나도 돌입했다. 이, 이건……! 평소에 나츠카와에게서 희미하게 감도는 달콤한 향기!

어, 끝내주지 않아? 집 안의 공기 전체가 완전 나츠카와인데. 나츠카와네 집이니까 당연한가. 당연하지만 사춘기 남자에게는 자극이 좀 강한데요. 그런 거 있지. 다른 사람의 집의 냄새라는 게. 남자 놈들 집에 게임하러 간 적밖에 없어서 전혀 의식 안 하고 있었어. 억눌러라, 억눌러라, 나……! 중요한 고비라고……!

생각을 바꾸자. 미션 개시, 지금부터 나츠카와의 가족들에게 들키지 않도록 여동생 분과의 해후를 이룬다. 제한 시간은 사쇼 가의 저녁 시간까지.

"———아~! 언니!"

"아, 아이리……!"

"미션 컴플리트! 지금 바로 이곳에서 이탈한다!"

"잠깐, 어디 가는 거야!"

거실문(아마도)에서 얼굴을 내민 다섯 살 정도의 여자아이. 한가운데에 투명한 유리판이 끼워져 있는 세련된 타입의 문이라 건너편이 보였다. 그 너머에 명백하게 나츠카와의 어머님으로 추정되는 사람의 모습이 보였다. 미션은 실패한 거나 마찬가지였다.

그러니 이 손을 놓아주시지 않겠습니까, 나츠카와 씨. 들킬 거고, 무엇보다 혈압상승이 멈추지 않소.

"언니!———랑, 누구?"

"사쇼 와타루라고 합니다. 잘 부탁드립니다, 아이리 씨."

"딱딱하게 인사하지 마……."

와라, 영업맨의 생령! 나는 다정한 오빠다. 아이를 돌보는 게 익숙하고 여유롭게 행동하는 걸 엄청나게 잘합니다 ———여동생도 몇 명인가 있다고요. 화면 너머에.

그렇게 머릿속에서 폭주하고 있으니 누군가 아이리를 뒤에서 안아 올렸다. 생각보다 빠른 어머님의 등장에 나도 모르게 몸이 굳어버렸다.

"──어머나? 또 학교 친구를 데려온 거야? 아이카."

"으, 응."

"아, 안녕하세요. 사죠라고 합니다, 처음 뵙겠습니다."

오, 오오…… 생각보다 시원스럽게 인사할 수 있구나. 역시 인사말은 나와야 할 때 나오네. 하면 되잖아, 나.

안심하고 다시 나츠카와의 어머니를 봤다. 따님의 모습이 보이는 얼굴이다. 상냥해 보인다기보다는 약간 올곧을 것 같다는 인상을 받았다.

"사죠 군이구나. 잘 부탁해── 어? 이 남자애뿐이야?"

"웃…… 으, 응."

"어, 어머나…… 그럼 혹시 오늘은 아이카의 방에서 노는 거야?"

"자, 잠깐만 엄마 착각하고 있는 거 아냐?! 아이리 방! 아이리 방에 있을 거야!"

"그, 그래?"

아아, 있지, 이런 어머니. 또래 같은 느낌으로 딸과 이야기하는. 남들처럼 똑같이 당황하는 모습에 조금 안심했다. 나츠카와의 어머니는 뭔가 완전무결하고 여유로움이 느껴지는 사람일 줄 알았다. 일 잘하는 여사장 같은 사람이 아니라 다행이다. 그보다 나에 대한 게 알려지지 않아서 다행이다. 귀찮게 했다는 게 알려져 있었다고 생각하면 소름이 돋는다.

"빤~."

오호, 엄청 보고 있어. 아이리가 뚫어져라 쳐다보잖아.
다시 보니 엄청 귀엽다. 천사다. 눈이 똥글똥글해서 나츠
카와가 푹 빠지는 것도 이해가 된다. 역시 여동생은 최고
네. 나도 이런 여동생이 갖고 싶었어. 집에 돌아가면 화면
을 때려 부수자.

◆

"저, 저기…… 엄마 일은 미안해."
"오히려 내가 와버려서 미안."
"그건 괜찮아."
"귀여―― 으읍."
"자, 잠깐만! 아이리 앞에서 하지 마!"

그, 그랬다. 여동생과 관련되면 나츠카와는 진지해졌지.
역시 그런 건 자제해야겠다. 내 충동을 억누를 수 있으면
좋겠는데…….

안내받은 곳은 아이리의 방이었다. 아이용으로 부드러
운 조인트 매트가 깔려 있고 연한 색으로 색채가 풍부한
방이었으며, 작은 미끄럼틀과 정글짐이 놓여 있었다. 그
외에도 집짓기 놀이 등의 이런저런 장난감. 정말 뭐라고
해야 할까, 엄청나게 사랑받고 있다는 것을 알 수 있었다.

방 한가운데에 놓인 작고 둥근 테이블이 있는 곳에 앉아 있으니 나츠카와가 차를 가져와 주었다.

"엄청난 상황이네."

"마, 말하지 마, 의식하지 않으려고 하고 있으니까."

"……그렇게까지 해서 만나게 해주고 싶었어?"

"……."

이런 상황이 펼쳐져도 나를 여동생에게 소개해주고 싶어 하는 나츠카와. 그렇게 하지 않으면 나츠카와가 납득하지 않는다고 아시다가 말했다. 본인의 입으로 하는 말은 아직 못 들었지만, 부정도 하지 않았고 무엇보다 태도로 나타나고 있었다.

"아."

그런 대화를 하고 있으니, 나츠카와 곁에 있던 아이리가 종종거리며 이쪽으로 와서 양반다리를 하고 앉은 내 정면에 섰다.

"………타카아키?"

"……응? 타카아키?"

"그, 그건……."

아버지의 이름인가? 아니, 보통은 이름으로 안 부르겠지…… 그렇다면 다른 남자의 이름이다. 아, 그러고 보니 얘는 사사키를 잘 따랐지. 그러고 보니 야마자키랑 같이 그 녀석의 집에 위닝하러 갔을 때 어머니가 '타카아키'라고 불렀던 것 같다.

"아이리, 이 오빠는 있지 '와타루'."

"와아타아루?"

"후훗, 뭐야 그 말투는."

"……."

뭐지 이 광경은…… 천국? 천국인가? 여신과 천사가 놀고 있는데. 나 어느 틈에 불려온 거지? 애초에 내가 천국에 와도 괜찮나요?

너무나 눈부신 광경에 눈을 가늘게 뜨고 말았다. 뭔가봐서는 안 되는 것을 보고 있는 듯한 생각마저 들었다. 난 대체 어떡하면 좋을까…….

"자, 와타루도 자기소개해야지?"

"어, 어어."

전에 없을 정도로 상냥한 표정을 보여주는 나츠카와. 음색도 쓰다듬는 것처럼 부드러웠고 아무렇지도 않게 이름으로 불러서 정말 어리둥절해질 수밖에 없었다. 아니, 이세상의 누나는 이런 느낌이 보통이야? 내가 당황하는 게 이상한 건가…… 아니, 틀렸어. 내 누나가 이상한 거네요.

"이름으로 부르면 부르기 어렵지 않아? 아이리, '사쬬'."

"사쬬~."

"그래, 사쬬."

"사쬬~!"

"사죠~!"

"네가 어려지지 않아도 되는데……."

이런, 바람직하지 않은 소망이 그만. 남동생 속성인 나는 나츠카와의 누나 속성에 끌리는 거겠지. 무의식적으로 유아퇴행 할 뻔했다고. 이제 포기했다, 나는 변태다. 무릎 베개를 너무 베고 싶어서 위험하다.

아이리는 뭐가 재밌는지 '사죠~'라고 부르면서 울트라맨처럼 한쪽 팔을 번쩍 들고 있었다. 기억해준 것 같아서 다행이다. 내가 생각해도 어감이 좋은 성이라고 생각한다.

"사죠~! 이상한 머리!"

"잠깐 염색하고 올게."

"지금은 그만둬."

내 머리카락의 투톤 컬러가 이상하다니……! 알고 있었다. 이제 이 머리를 어떻게든 해야 하는데…… 그냥 방치해도 괜찮지만. 지금은 딱히 고수하는 스타일 같은 것도 없고. 하지만 이 갈색 머리랑 섞이면 뭔가 더러운 느낌이 든단 말이지.

"사죠~! 안아줘!"

"엑?!"

"안아줘!"

아, 안아달라고? 어떻게 안아주면 되지? 그냥 안아 올린 다음에…… 그다음에 어떻게 하더라? 큭…… 이, 이렇게 된 이상 안아주기의 경지, '공주님 안기'라는 것을……!

"뭐 하는 거야……."

"아, 그러니까……."

"서."

"오오……."

보다 못한 나츠카와가 도와줬다. 나츠카와의 말대로 일어서서 일단 '차렷' 자세로 굳었다.

"안아주는 모습은 어렴풋이 상상할 수 있지? 그렇게 해도 되니까 해봐."

"예, 예잇."

"대답은 '네'."

"네, 네에."

역시 나츠카와. 누나력이 장난 아니다. 지금이 아니었다면 완전히 남동생이 되어서 응석을 부렸을지도 모른다. 이런 누나가 있었으면 했다…….

"아이리, 안는다?"

"응~?"

"파이널 앤서*?"

"아이가 그런 걸 알 리가 없잖아…… 빨리 해."

"네."

그러니까, 어떻게 하면 되더라……. 평범하게 겨드랑이를

*영국에서 유래된 퀴즈쇼 'Who Wants to Be a Millionaire?'의 일본판인 퀴즈$
밀리어네어에서 사회자가 참가자에게 최종답안을 확인하는 질문

잡고 안아 올려서 가슴에 얹듯이 해서…… 어, 어라……?
뭔가 안정성이 좀 안 좋은 느낌이…….

혼자서 당황하고 있으니 나츠카와가 바로 다가와서 도
와줬다.

"알겠어? 아이의 양 다리를 자신의 오른쪽 허리에 살짝 걸
치듯이 하고, 왼팔로 의자를 만들어주는 거야. 오른팔이 등
받이야. 그렇게 하면 안정돼서 아이도 안락하게 느끼니까."

"오, 오오…… 안기 쉬워."

"그렇지? 그리고 눈높이를 맞춰. 아이리가 올려다보고
있어."

"미, 미안."

힘을 줘서 아이리를 더 안아 올렸다. 나와 눈높이를 똑
같이 맞추니 아이리가 내 머리에 손을 뻗어 머리카락을 만
지기 시작했다.

"어? 어? 뭐 하는 거야?"

"머리카락 만지고 있어. 그거…… 슬슬 염색하는 게 어때?"

"그렇네…… 음, 나츠카와가 보기에 검은 머리카락이랑
갈색 머리카락 중에서 어떤 게 어울린다고 생각해?"

"그, 그건———"

"언니랑 똑같이~!"

"알았어."

"그만둬."

나츠카와랑 똑같은 색…… 나쁘지 않다. 친근감이 솟을 것이고 적갈색으로 염색한 자신도 보고 싶다는 기분이 든다. 대가는 마음의 거리. 대가가 있는 거냐…….

왜~? 하며 고개를 갸웃거리는 아이리. 안긴 상태로 그렇게 하면 파괴력이 장난 아니다. 귀엽구먼…… 자매가 모두 미인이라니, 전세에 선행을 얼마나 쌓았나 하는 생각이 든다. 난 평범하게 농민이었을 것 같다.

"있잖아~, 색깔. 어떻게 하면 바꿀 수 있어?"

"어른이 되면 바꿀 수 있게 돼."

"엥~ 치사해."

"어른은 치사하단다."

"야."

"으헷."

쓸데없는 말을 해서인지 나츠카와가 볼을 잡아당겼다. 입이 옆으로 쭉 늘어나 말하기 어려워졌다. 분명 얼굴이 이상하게 되어 있을 것이다. 하지만 아이리는 깔깔거리며 웃었다. 좋은 웃는 얼굴이다. 나중에 나츠카와의 눈을 피해서 몰래 볼을 잡아당겨주지.

"에헤헤, 에헤헷."

"냐흐."

아이리가 반대쪽 볼을 잡아당겼다. 잡아당기고 쪼물딱거리며 굉장히 기뻐하신다. 이상한 목소리를 내니 꺅꺅대며 웃었다. 잘 웃는 아이구나. 나츠카와랑 비슷하거나 그 이상으로 인기가 있겠지.

"후홋, 후후후."

……어? 저기, 나츠카와 씨……? 뭔가 당신도 즐기고 있지 않나요? 전혀 놓을 기미가 안 보이는데요……. 뭐, 상관없나. 나츠카와 접촉할 수 있는 좀처럼 없는 기회니까. 이게 마지막이라고 생각하며 아야야야 아이리, 손톱, 손톱이!

5장 ♥ ⟨⋯⋯⋯⟩ ♥ 변하는 거리

여자의 집에 들어가는 것. 그것은 고등학생 남자에게 있어서 꿈과 같은 사건이며, 좀처럼 흔한 일이 아니다. 하지만 그것은 현재 일어나고 있는 일이며, 난 여기가 천국이 아닌가 하고 착각하기 시작했다.

그렇게 두둥실한 행복에 감싸여 있었지만, 난 아이와 놀아준다는 것의 무서움을 전혀 이해하지 못하고 있었다.

"——가라~! 사죠~!"

"헥…… 헥……….."

"말! 느려!"

"헤. 헤엑……."

숨이 차서 대답도 제대로 할 수 없었다. 그런데도 네 손발로 기는 내 등 위에서는 5살 여자아이가 힘차게 팔을 치켜들고 내 등을 찰싹찰싹 때리고 있었다. 아이 방은 그렇게 넓지 않다. 하지만 그곳을 어른 정도의 체격을 가진 사람이 무릎을 꿇고 엎드려 돌아다니기에는 너무 넓게 느껴졌다.

"저기, 괜찮아……?"

"괘, 괜찮아……."

"그렇게 무리하지 않아도……."

"헤, 헤엑······."

처음에는 잘 따르니 좋구나, 정도로 생각했다. 그래서 나츠카와와 잡담하면서도 조금이라도 받아줄 수 있는 응석을 부리면 가능한 한 전력으로 응했고, 질리면 질린 대로 가만히 뒀는데······.

'사죠~!!'

'응? 오오, 뛰면 위험 끄헉······.'

아이는 기분파였다. 어느 순간에 관심의 대상을 휙 바꿔서 갑자기 뛰어 들어왔다. 처음에 받아줬을 때부터 '오호 힘이 세구나'라며 낙관적으로 생각했지만, 그 덕분에 뛰어들어도 괜찮은 녀석이라 판단한 모양이었다.

"하, 항복······."

"꺄하하하."

말, 바닥에 퍼지다. 등에 탄 동생분은 리프트 강하하는 듯한 움직임이 재미있었는지, 걸터앉은 채로 꺄꺄대며 웃고 있었다. 아이의 체력은 무한하다고 하는데, 오히려 체력을 쓴 건 거의 나였지······.

"저기····· 항상 이렇게 하드한 놀이를 하나요······?"

"아니, 평소에는 소꿉놀이라던가······."

"저기요, 아이리 씨?"

"왜에?"

"어째서어?"

"기분 나빠."

"나츠카와 씨?!"

"내, 내가 가르친 거 아냐!"

태어나서 처음으로 어린 여자애한테 기분 나쁘다는 말을 들었다. 보통 여자와는 차원이 다른 위력인데…… 뭐야, 이 엄청난 쇼크는. 순수한 아이한테 이런 말을 들으면 이렇게나 괴로운 거야? 이렇게 기가 꺾일 것 같은 건 처음이야…….

"피곤해~."

"피곤한 건 나라고."

"싫어~!"

"뭐가 싫은 거야."

"뭐가 싫은 거야~!"

큭…… 재밌어하다니. 잠깐, 머리카락 잡아당기지 마. 무릎으로 서면 아프니까 아야야야야, 앗, 거기…….

"야, 너 아무리 그래도 그건……!"

"지금은 그럴 때가 아니에요…….."

"아아 정말……."

다운되어 엎드린 내 위에서 아마 아이리도 흉내를 내고 있을 것이다. 등 위에 착 달라붙어 있는 느낌이 있었다. 역시 다른 사람이 보면 바람직하지 않은 밀착도였을지도 모르겠다. 나츠카와가 초조한 표정으로 뭔가를 말했지만, 솔직히 난 말을 들을 수 있는 상황이 아니라고요…… 알려나? 운동 부족일 때 갑자기 운동했을 때의 불쾌함.

등이 가벼워졌다. 나츠카와가 아이리를 회수한 것 같다. 설마 여자의 집 바닥에 이렇게 배를 깔고 눕게 될 줄은 몰랐다.

"참."

"아아으."

휙 들어 올려져 나츠카와에게 안기는 여동생. 아까 전까지 떠들다가 확 얌전해져서 어리둥절한 표정으로 이쪽을 봤다. 이 녀석, 보아하니 자기는 전혀 나쁘지 않다고 생각하고 있구나……?

숨을 고르고 엎드린 채로 옆으로 시선을 돌려 그런 자매의 모습을 바라봤다.

"……."

"뭐, 뭐야."

"……아니, 그런 표정을 짓는 나츠카와가 신선해."

"읏…… 보, 보지 마."

가정적인 면에서 보면, 나츠카와 가에서 계속 멀어져 왔으니, 이젠 이쪽에서 생각할 것도 없었다. 그 때문인지 역시 나츠카와는 외동딸이라는 인상이 강했다. 그렇기 때문에 나츠카와의 언니다운 모습에서 감동한다고 해야 할까…… 평소와는 다른 흥분이 느껴진다고 해야 할까(미침).

"──만족했어?"

"어?"

"답답했잖아? 뭔가 불쾌한 느낌으로."

"아⋯⋯."

결국 나츠카와가 스스로 말하는 속마음은 듣지 못했지만, 그건 아마 아시다의 추리하는 듯한 말이 나츠카와 입장에서는 정곡을 찔렸기 때문일 것이다. 그래도 나츠카와의 마음이 풀린다면 그걸로 괜찮지만⋯⋯.

"⋯⋯아, 아직이야."

"진짜냐⋯⋯."

아직이었다. 체력을 꽤 썼다고 생각하는데⋯⋯ 나와 아이리를 만나게 하는 것만으로는 마음이 안 풀린다는 건가? 꽤 기억에 강렬하게 남았을 줄 알았는데.

"──아, 아직, 물어보고 싶은 걸 못 물어봤어⋯⋯."

"⋯⋯물어보고 싶은 것?"

그런 게 있었어? 아이리가 날 기억하면 그걸로 된 거 아닌가? 그뿐만이 아니었던 건가.

"예를 들면 어떤?"

"⋯⋯."

아이리를 뒤에서 안은 채로 생각하는 나츠카와. 안긴 아이리는 고개를 갸우뚱 기울이면서 '안 놓아줄 거야?'라고 말하고 싶은 듯한 표정으로 언니를 올려다보고 있었다. 기운이 넘치네, 피곤하다고 말한 것 치고는 별로 체력을 안 썼지.

조금 지나자 나츠카와는 생각이 정리됐는지 결심한 얼굴로 질문을 던졌다.

"──저, 점심! 점심시간이 되면 항상 어디에 가는 거야?!"

"어어……? 그러니까, 안뜰 벤치에서 밥을 먹기도 하고 자리가 비어있으면 식당에서 먹기도 하고."

"누, 누구랑!"

"훌쩍…… 혼자서."

우는 흉내를 내면서 대답하니 나츠카와는 작은 목소리로 '그렇구나……'라며 중얼거렸다. 아시다한테 이야기 못 들었나……. 대화하는 도중에 아무렇지도 않게 말했을 것 같은데.

의문을 품고 있으니, 나츠카와는 '아직 남았다. 자, 각오하라고'라고 말하는 듯한 시선으로 바라봤다. 자, 덤벼라.

"왜, 왜 혼자 먹는 거야. 다 같이 먹으면 좋잖아."

"음? ……아아 그러고 보니."

사려 깊은 질문으로 들리지만, 딱히 슬플 이유는 없다. 왜 혼자 먹기 시작했는가…… 딱히 친구가 없어서 그러는 건 아니다. 확실히 처음에는…… 나츠카와한테서 멀어져서 생각이 너무 많아져 혼자 있고 싶었기 때문이다. 자신

을 다시 보기 위한 행동의 연장선이라 그렇게 됐다. 지금
도 혼자 먹고 있다. 원래는 나츠카와랑(억지로) 같이 점심
시간을 보냈으니까 말이지. 지금 와서 누군가와 같이 먹는
데는 어려움이 있을지도 모른다.

"그거야, 아이자와가 전 남자친구한테 돌아가느니 마느
니 해서 정신 차리고 보니 혼자였다는 느낌. 아, 그래도 오
늘은 선도부 사람들이랑 먹었어. 시노미야 선배랑 이나토
미 선배…… 어라, 그 사람 이름 뭐였지……."

"어……? 시, 시노미야 선배? 네가?"

"응."

뭔가 매우 놀란 표정인데. 아니, 나츠카와는 내가 호출
당했을 때 그 자리에 있지 않았던가……? 뭔가 이상한 점
이라도 있었나? 호, 혹시 '너 같은 보통 사람이 엮일만한
사람이 아니야'라고 생각하는 건가?!

"왜, 왜? 무슨 관계야?"

"그러니까 우연히 식당에서 만나서—— 무슨 관계? 나
랑 그 사람은, 그러니까…… 그냥 선후배 사이라 생각하는
데. 누나의 친구이기도 해."

"그, 그렇구나……."

"어어……."

"……."

"……."

으, 응? 뭐야, 이 거북한 분위기는. 왜 아무 말이 없는 건가요, 나츠카와 씨! 질문! 다음 질문을 줘! 이런 침묵을 견딜 수 있는 멘탈은 없다고요!

어떻게 할지 생각하고 있으니, 나츠카와가 뭔가 말하고 싶어 하는 것처럼 고개를 들었다. 입을 움직이는 순간을 노려 귀를 기울였다.

"우, 우리는……?"

"어……?"

"전처럼…… 다 같이 안 먹어?"

"그건, 그러니까…… 아, 아니."

전에도 우리 집에서 말한 거 같은데——— 그렇게 말을 이어가려고 했지만 그만뒀다. 그때의 내 선언…… 그건 좀 더 연애적인 의미의 말이었다. 아마 나츠카와가 물어보고 싶은 건 그런 게 아닐 것이다.

남녀 사이는 아니고, 친구라는 표현도 조금 다르다. 우리는——— 그룹이다. 아시다도 포함해서, 나츠카와는 분명 '우리는 항상 모여서 사이좋게 이야기하는 그룹이 아니었어?' 하고 말하고 싶은 거다.

나도 연인이 아닐지언정 그렇게만 있을 수 있으면 좋겠다고 생각한다. 나츠카와처럼 누가 봐도 높은 절벽 위의 꽃 같은 애랑 같은 그룹에 있다는 건 기쁜 일이고, 아시다처럼 계속해서 말을 걸어오는 여자가 곁에 있는 것도 나쁘지 않다. 남자와 여자 사이나 그런 걸 **빼놓고** 생각하는 건 남자 입장에서는 괴로운 일일지도 모르지만, 그래도 틀림 없이 즐거운 학교생활을 보낼 수 있을 것이다. 적어도 이 래저래 끝장나서 단념한 나라면 기대도 없으니 스스럼없이 지낼 수 있을 거다. 어쩌면, 아마도, 분명. 아마 무리다.

내가 거리를 두는 것으로 변하는 무언가가 있다. 실제로 '사죠 와타루'라는 시끄러운 존재가 없어진 나츠카와에게 새로운 친구가 생겼다. 내가 옆에 있으면 누군가가 멀리한 다. 내가 존재하는 것으로 인해 나츠카와의 청춘이 멀어질 가능성도 있다.

그런 의미에서 죽을 만큼 마음이 복잡하지만 사사키의 사랑을 전력으로 응원하는 것도 괜찮을지도 모른다. 그 녀 석은 잘생겼으니까.

뭐, 싫긴 하지만.

"……."

"저, 저기…… 무슨 생각을 그렇게 하는 거야."

"아, 아니……."

머릿속에서 여러 생각이 빙빙 돌았다. 그러는 사이에 내 가 입을 다물어버려서인지 나츠카와가 불안한 듯한 표정 으로 물어봤다. 아이리를 놓아주더니 나에게 다가와 어깨 를 살짝 흔들었다. 그 때문인지 내 머릿속에서 빙빙 돌던 생각이 복잡하게 엉켰고, 급기야 터져버렸다.

——머릿속이 새하얘졌다.

"아, 아니…… 뭐라고 말 좀 해봐."

"아…… 어………."

입은 열리지만 목소리가 안 나왔다. 무슨 말을 하면 좋을지 모르겠다. 이런 건 평소의 내가 아니다. 평소 같았으면 바보 같은 생각만이 물처럼 샘솟았을 것이다. 이럴 때 그런 점을 발휘할 수 있다면 좋을 것…….

"무시하지 마~!"

"우왓?!"

거북한 분위기를 깨듯이 아이리가 미동도 하지 않고 굳어있던 나에게 뛰어 들어왔다. 엎드려서 팔로 상체를 받치고 있는데 옆에서 밀려서 뒹굴 굴러 위를 보고 누운 자세가 되었다.

"언니 괴롭히지 마……."

"아, 안 괴롭혔어! 안 괴롭혔다니까!"

울 것 같은 표정으로 나를 손으로 찰싹찰싹 때리는 아이리. 진짜로 울면 큰일이다. 일단 서둘러서 변명했다. 경험한 적 없는 초조함에 아까와는 다른 의미로 어떻게 하면 좋을지 모르게 되었다.

나츠카와를 보니 이쪽도 당황한 얼굴로 아이리를 보고 있었다. 기분 탓인지 나츠카와도 눈이 촉촉하게—— 어이어이어이어이어이!!

"다, 다음에 그쪽으로 갈게! 나츠카와가 괜찮다면 말이지만! 그보다 가도 괜찮아?! 괜찮아?! 파이널 앤서?!"

머릿속이 뒤죽박죽인 채로 외쳤다. 앞일 같은 건 전혀 생각하지 않았다. 미래보다 지금. 애초에 이 상황을 극복하지 못하면 나에게 미래가 없다. 어, 나 죽는 거야……?

내 상태가 이렇게나 좋지 않은 건 나츠카와가 '평소'와 다르기 때문이다. 애초에 학교에서 나온 시점부터 평소와 달랐다. 모처럼이니 나도 물어볼 수 있는 건 물어보자.

"또 이상하게 친한 척할지도 모르는데? 어쩌면 습관적으로 이상한 소리를 할지도 모르고. 그래도 괜찮으면 갈 건데."

좋을 리가 없다. '그럴 생각'으로 오는 건 싫어할 것이다. 동료라는 의식이 있다고 해도 이성으로서 좋아하지도 않는 남자가 그런 눈으로 바라보면 분명 불쾌할 것이다. 그 불쾌함을 나츠카와가 계속 느끼게 만들어왔다. 사랑에 눈이 먼 나는 요령 좋은 행동 같은 건 못 했으니까.

내가 버릇이 든 것처럼 나츠카와도 반사적으로 나를 밀어내는 버릇이 있지 않을까. 그리고 떠올리는 것이다. 내쫓아도 내쫓아도 따라오는 스토커 같은 피에로를——.

"——……약속이다?"

"……."

………?

……무슨 일이 일어난 거지? 설마 꿈이라도 꾸고 있는 건 아닐까?

살짝 붙잡힌 소매. 나츠카와가 어떤 이유로 그렇게 했는지는 모르겠지만, 적어도 거절당한 게 아니라는 것은 알았다.

이렇게 새콤달콤한 느낌이 드는 일이 정말로 나에게 일어날 수 있는 건가? 누가 계획한 게 아니라?

새콤달콤한 게 아니라, 너무나도 달콤하다. 한 번 맛보면 잊을 수 없게 된다── 이건 완전히 독이다. '매혹의 순간'은 상대를 빠져들게 만든다. 행복한 시간일지도 모르지만, 그 순간을 주는 사람의 기분에 따라 고문도 될 수 있는 극약과 같은 것이다.

"아……."

팔을 살짝 빼서 지나치게 달콤한 속박에서 벗어났다. 그와 동시에 가슴 속에서 강렬한 슬픔이 생겨났지만, 꾹 참고 억지로 억눌렀다.

진정해라, 사죠 와타루. 이건 '그런' 상황이 아니다. 홀리지 마라. 지금까지 자신이 해온 행동을 되돌아봐라. 부감해라, 꾸짖어라.

"……맡겨주시게."

"뭐, 뭐야 그게……."

"뭐야 그게~!"

엄숙하고 잘난 듯이 한 말에 나츠카와는 조금 웃으면서 질렸다는 표정을 띠었다. 엄청 진지한 얼굴로 말한 게 잘 먹혔을 것이다. 그 모습을 보고 아이리도 안심했는지 큰 소리로 나츠카와를 따라 했다. 야, 다른 사람의 배를 찰싹 찰싹 때리는 건 그만둬. 아니, 이놈아——.

"——으~랏차차!"

"후와아아……!"

미묘하게 남은 이상한 분위기를 날려버리듯이 일어섰다. 그때 일어서는 기세를 몰아 아이리를 안아 올렸다. 나츠카와가 직접 전수해준 안기가 완성되자 아이리는 일어설 때의 기세가 재밌었는지 꺅꺅대며 웃기 시작했다. 후우…… 아아…… 귀여워.

"잠깐, 난폭하게 다루지 마!"

"괜찮아, 절대로 위험하게 안 할 테니까."

"참…….."

말, 주인, 지킨다.

그렇지만 난폭한 아이로는 자라지 않았으면 한다. 다이내믹 안기는 가벼운 벌 같은 것……이었을 텐데. 사람을 너무 툭툭 치면 미움받으니 말이지. 무엇보다 그렇게 하면 나츠카와가 슬퍼하니까 여기선 연상 오빠로서 힘을 써보자.

"자, 사람을 때리면 언니가 화낸다~."

"싫어."

"나도 싫어. 그러니까 때리면 안 돼."

"응, 알았어. 사죠~."

"오빠."

"사죠~."

"…………."

……응, 알면 됐어. 잘 생각해보니 난 다른 사람보다 우위에 선 적이 거의 없구나. 이런 나라도 뭔가를 가르칠 수 있다면 기쁠 것이다. 부디 건강하게 자라서 나츠카와처럼 재색을 겸비한 아야야야야 왜 머리카락을 잡아당기는 거야……!

"욘석아, 머리카락 잡아당기지 마."

"아으."

웃차 소리를 내며 다시 안아 그 반동으로 손을 머리카락에서 멀어지게 했다. 안 된다는 걸 드디어 이해해줬는지, 아이리가 더 이상 난폭하게 구는 일은 없었다. 나츠카와가 불안하고 걱정스러운 얼굴로 이쪽을 보고 있어서 아이리를 돌려줬다.

"하아…… 기운이 넘치네."

"그러게…… 유치원 애들한테도 이렇게 활발하지 않은데. 넌 괴롭히기 쉬운 걸지도 모르겠다."

"그렇게 말하면 괴롭힘당하는 게 제 본질처럼 들리지 않습니까."

괴롭히기 쉽다니…… 그런 운명이 있어도 되는 겁니까……
아니! 그렇지 않아! 상대는 아이다! 나에게도 분명 주변에
있는 미남보다 좋은 의미로 사랑받는 부분이 있을 것이다!
재미라던가! 하지만 일단 물어볼까!

"아이리, 타카아키랑 오빠랑, 어느 쪽이 미남이에요?"

"뭘 물어보는 거야……."

"미남~?"

"훌륭한 교육을 받는 모양이네요."

"그런 말을 벌써 가르칠 리가 없잖아."

가르침을 받고 알게 되는 말이 아니에요…… 한 걸음 바
깥으로 나가면 그곳은 시끄러운 세상. 수많은 잡학이 굴러
다니는 속세에서 쓸데없는 정보만을 솎아내는 일은 보통
불가능하다. 하지만 아이리 공은 하루에 최소 세 번은 들
을 것 같은 쓸데없는 단어를 모른다고 한다. 이 얼마나 훌
륭한 재원인가! 내 누나는 지금 미남에게 둘러싸여 있지만
어릴 적부터 미남 타령을 해대서 시끄러웠다고!

"타카아키와 비교하면 어느 쪽이 멋진가요?"

"너도 굴하지 않네."

"타카아키!"

"……좀 더 공부하자."

"때린다."

미안, 나도 모르게 그만.

분위기가 이상해졌었지만 조금은 나아진 것 같다. 내 수준 낮은 심경을 들어서 뭔가 득이 있을 거라는 생각은 안 들고. 역시 이 정도 거리는 너무 가깝다. 진지한 눈빛으로 똑바로 응시당해봐라, 나 같은 건 민달팽이처럼 녹아버릴 것이다. 실제로 머릿속이 그런 느낌으로 눅진해졌으니.

◆

창으로 들어오는 빛이 빨개진 것을 깨달았다. 시계를 보니 그럭저럭 괜찮은 시간이었고, 지금이 해가 긴 계절이라는 사실을 잊고 있었다.

"——치이~……."

"홋…… 아직 멀었군."

"무슨 소리 하는 거야……."

나츠카와의 품속에서 분해하는 아이리. 그도 그럴 게 나와 마구 떠들고 놀다가 지쳐 지금은 절찬리에 수마의 습격을 받고 있기 때문이다. 도중에 이미 지쳤냐며 도발적으로 말했더니 골을 내는 게 너무나도 사랑스러웠다. 고등학생 남자의 체력을 따라갈 수 있는 다섯 살 아이는 존재하지 않는단 말이다! 후하하하핫!

"너, 중간에 얘랑 정신연령이 똑같아졌어……."

"그편이 성미에 맞아. 사사키처럼 '오빠' 역할을 하는 건 나한테는 무리야."

"그런 것 치고는 지쳤잖아……."

도중에 몸싸움 같은 게 시작된 게 발단이 되었다. 나츠
카와가 말하길, 아이리는 지금처럼 누군가와 힘껏 부딪치
는 일은 별로 없다고 한다. 아버님은 아무래도 쉽게 넘어
진다고 하니…… 그보다 얘는 왜 나한테 힘으로 이기려고
하는 거야……?

나는 나대로 신경을 상당히 많이 썼다. 바닥이 조인트
매트라고 해도 위험한 건 위험한 것이다. 받아주면서 다치
지도 않게 하는 것은 상당히 힘들었다. 이 세상의 아버
지……! 좀 더 힘내주세요!

"……시간도 시간이니, 슬슬 끝낼까."

"아…… 그렇네."

"음? 뭐라고? '섭섭하다'고?"

"그, 그런 말 안 했어……!"

알고 있었어. 시무룩.

아시다의 말대로 나츠카와는 확실히 어떤 연결고리를
원하는 듯했다. 그렇지 않으면 보통 이런 초대 같은 건 안
하겠지. 어떻게 된 일인가…… 왜 지금 와서 이런 상황이
되었을까. 내가 나츠카와를 연애 대상 이외의 대상으로 보
는 것은 거의 불가능한데…….

오늘 나츠카와와 함께 한 하루를 돌이켜보고 왠지 곤란

해졌다. 그게 얼굴에 드러났는지, 이상한 눈으로 쳐다봤지만, 머리를 긁으며 어물쩍 넘어간다는 전형적인 반응을 해버렸다. 나츠카와가 귀엽고 아이리가 귀여워서 더는 깎여나갈 정신조차 남아있지 않은 듯한 느낌이 들었다.

"…………사죠…………."

"응……?"

"사죠~…… 한 번 더."

"오~, 알았어."

아이리는 나의 오의── 다이내믹 안기를 굉장히 마음에 들어 하는 모양이다. 몸싸움하며 노는 것도 그렇고, 아무래도 이 아이는 스릴을 좋아하는 것 같다. 분명 롤러코스터도 좋아하겠지…… 얼른 자라려무나.

나츠카와가 아이리를 내려주면서 눈으로 '괜찮아……?'라고 물어봐서 일단 고개를 끄덕였다. 정말이지, 그것만으로도 앞으로 30번은 힘낼 수 있다. 비틀거리며 걸어온 아이리는 내가 있는 곳까지 와서 '자~'라고 말하면서 양손을 뻗어왔다. 그런 아이리 앞에 쪼그리고 앉아 눈높이를 맞췄다.

"그럼 간다─── 어섭셔~!!"

"꺄~ ♪"

"여긴 선술집이 아니거든……."

졸던 것도 잊은 것처럼 아이리는 즐거운 듯이 소리를 냈다. 지금까지 경험해본 적도 없는 연약한 존재. 이런 식으

로 간단하게 감정조차 컨트롤하는 위험함에 '지켜주고 싶
다'는 감정이 생겨났다. 이것이 부성인가······.

"우흐······."

"아, 건전지가 다 됐다."

8초 정도 후에 힘이 털썩 빠진 여동생 공. 아무래도 다
이내믹 안기를 '마지막으로 한 번만 더' 해줬으면 하는 섭
섭한 마음에 온 모양이다.

인간, 힘이 빠지면 무거워진다는 건 사실인 듯했다. 조
금 마음을 놓은 것만으로도 아이리의 중심이 기울어졌다.
가슴으로 전해지는 부하에 엄청난 프레셔가 느껴져서 무
섭다. 못 움직이겠어······.

"좀 더 아무렇게나 다뤄도 괜찮아. 떨어뜨리면 절대로
용서 안 할 테지만."

"아니, 그건 모르지. 좀 더 똑바로 안으라는 말이야?"

"잠들었으니까 충격을 주면 안 된다는 말이야. 아이리는
아기가 아니라 유아야. 이제는 춥거나 더운 것 정도로 울
지 않고, 자는 걸 방해받았다고 해서 우는 아이가 아냐."

"흐에에에~."

"아니, 네가 울지 마."

어이쿠, 이러면 안 되지. 나츠카와의 모성에 감동하는
바람에.

어린 동생이 있는 언니는 대단하구나. 돌보기만 하면 언

제든지 어머니가 될 수 있을 것 같은데. 대단히 어른스러운 대응에 감탄했다. 평소에도 여신이라고 불렀지만, 솔직히 얕보고 있었다. 내가 봤을 때는 진짜로 여신에 가깝다. 아니, 그 뭐랄까? 그러니까…… 신성한 느낌? 이런 식으로 누군가를 돌보거나 하는 건 내가 하기엔 아직 멀었구나. 지금의 나는 도저히 못 할 것 같다.

◆

평범하게 '실례했습니다'라고 말하고 집으로 가려고 했지만, 그냥 보내주려 하지 않는지라…… 나츠카와는 완고하게 배웅하겠다고 말했다. 그렇게까지 해주면 부끄러운데…….

"이야…… 나츠카와가 얼마나 여성스러운지 다시── 여성스러워? 대단하다고 생각했어. 어머니도 대신할 수 있겠어."

"그만해, 뭔가 기분 나빠."

"감사합니다."

"칭찬이 아니야."

이전부터 그랬지만, 아무리 성가시다고 생각해도 나츠카와는 반응해준단 말이지. 분명 그런 점도 계속 거리를 둘 수 없었던 이유 중 하나겠지……. 보통은 무시할 텐데. 하아…… 진짜 여신이야…….

"너 그 머리, 아이리랑은 상관없이 어떻게 하는 게 어때? 전에는 좀 더 신경 썼잖아."

"미안, 이 머리를 어떻게 하려면 초등학생부터 다시 하는 수밖에 없어. 도와주세요."

"내용물 얘기를 하는 게 아니야…… 머리카락 색깔!"

"아아, 이거."

뿌리가 완전히 까맣게 된 갈색 머리칼. 투톤 컬러로 멋을 부린 것이라며 얼버무렸지만 주위에서 보면 보기 흉한 모양이다. 확실히 여름의 더위도 맞물려서 뭔가 어정쩡한 느낌이 짜증 나는 것일지도 모르겠다.

"조만간 할게."

"……뭐, 무리하게 강요는 안 하겠지만 빨리하는 편이 좋을 거야. 인상이 꽤 바뀔 거 같으니까."

"집에 가는 길에 약국에 들르겠습니다."

뭘까, 오늘의 나츠카와는 독특한 힘이 있네. 나도 모르게 따르게 된다고 해야 할까……. '빨리 안 하면 큰일 난다 이놈아'라고 말하는 정도의 박력이 느껴진다. 이렇게까지 말하는데 내일 염색하지 않고 가면 마이너스 포인트를 받을 것 같다.

"참고로 나츠카와는 갈색이랑 검은색 중에 어느 쪽이 좋다 그런 거 있어?"

"어, 아까……."

"그건 아이리가 좋다고 생각하는 거니까."

"으, 음~……."

"오……?!"

그냥 물어본 건데 나츠카와는 진지하게 받아들였는지 나에게 다가와 유심히 보기 시작했다. 나를 마네킹이나 마네킹 비슷한 것으로 보고 있는지, 거리감을 신경 쓰지 않고 골똘히 생각하고 있었다. 이거 이거…… 바로 그런 점이라고요, 나츠카와 씨. 감도는 향기가아아아아아. 직감으로 대답해줘도 괜찮은데.

생각한 끝에 나츠카와는 표정을 바꾸지 않고 대답했다.

"──어느 쪽이든 괜찮을지도……."

"어이, 그건 아니지."

"아, 하지만 그 뭐랄까……."

"응……?"

나츠카와는 시선을 이리저리 돌리더니 조금 망설이듯이 말을 이어나갔다.

"네가 갈색 머리였으면, 그…… 그때 말을 안 걸었을지도……."

"뭣……."

'그때' ──2년 전에 처음 만났을 때인가? 아아…… 그러고 보니 만난 지 조금 됐을 때 이런 말을 들었지, '좀 더 얌전한 녀석일 줄 알았다'라고. 보통은 이런 머리를 한 녀석한테 그런 감상을 품지는 않지.

"……그럼 나츠카와의 취향대로 해둘게."

"따, 딱히 취향인 게……."

"나도 어느 쪽이든 좋으니까 무난한 쪽으로 해둘 거야."

"아…… 잠깐──."

"응?"

그럼 안녕, 하고 말하며 손을 흔들고 돌아가려고 하니 나츠카와가 멈춰 세웠다. 뒤돌아보니 나츠카와는 아이리 앞에 있을 때와는 또 다른 얼굴로 습관이 든 것처럼 내 하복 소매를 살짝 잡았다. 아니, 저기요…… 그런 행동이 저한테는 다이렉트 AED라구요. 죽일 생각이야? 죽일 생각인 거야……?

"──오, 오늘은 고마워……."

"귀……."

귀여워라…… 위험해, 나도 모르게 소리 내서 말할 뻔했다. 지금 말했으면 분명 분위기가 박살 났을 거야. 다행이다…… 내 목이 자제심을 유지해줘서.

"시, 신경 쓰지 마, 나야말로 전설의 아이리를 만나서 좋았어."

"저, 전설……."

나츠카와가 찔리는 표정을 지었다. 이런, 비꼬는 걸로 들렸나…… 하지만 실제로 스마트폰으로 아이리의 사진을 보기 전까지는 '진짜로 존재해?'라는 느낌이었으니 말이지.
뭐, 지금 와서는 나와 못 만나게 한 이유도 알겠지만……
보통 자기한테 들러붙는 남자한테는 저렇게 귀여운 동생
은 안 보여주지. 이번에 만나게 해준 건 단순히 2년 반 동
안의 인연을 봐줘서인가. 동료라는 의식도 있는 것 같기도
하고.

　장난기가 발동해서 놀리고 싶은 마음이 살짝 들었지만,
그 이상으로 이 거리가 심장에 좋지 않았다. 나츠카와가
말한 대로 머리를 염색하기 위해 약국에 가기로 했다.

◆

　"——우와, 지독해라. 야, 냄새 심하게 나는데."
　"밥 먹었으니까 괜찮잖아. 어머니의 허가는 받았어."
　"적어도 화장실 문은 닫고 하라고……."
　그 말을 듣고 보니 확실히 염색약의 독특한 냄새가 가득
했다. 이런 건 좀 더 샴푸처럼 과일 향이 나게 만들 수 없
는 걸까? 코를 막고 싶어도 용액이 끈적하게 들러붙은 비
닐장갑 때문에 못 막겠는데. 지금부터 20분이나 이대로 가
만히 있어야만 하는 것인가…….
　누나는 칫솔을 꺼내면서 내가 아무 데나 둔 염색약 상자
를 집어서 거기에 쓰인 글을 눈으로 읽기 시작했다.

"엉? 다크 브라운? 너 검은색으로 염색하냐?"

"……역시 이것도 검은색인가? 그냥 검은색도 괜찮았는데, 약국에 없었단 말이지……. 따, 딱히 '다크 브라운'이 멋있을 것 같아서 산 건 아니라고."

"이거 그냥 검은색이고, 처음엔 엄청 까맣게 돼."

"……?"

검은색은 검은색 아냐? 검은색 이상의 검은색이 있어? 뭐야 그거, 멋있어.

중2의 혼을 불태우고 있으니 누나는 내 주위를 빙빙 돌고는 눈살을 찌푸렸다.

"엉망진창이네. 이러면 얼룩진다."

"어어……?"

"잠깐 비켜봐."

누나는 나를 거울 앞에서 비키게 하더니 거울 서랍장에서 일회용 고무장갑을 꺼내── 고무장갑……? 엄청 안 좋은 예감이 드는데 기분 탓── 앗, 잠깐……!

"뿌리가 까맣다고 대충하지 말라고."

"아야야야야야?!! 우악스럽게 하지 마, 뽑혀!!"

"대머리만 아니면 되잖아. 세상은 유전이야. 넌 괜찮아. 대머리가 될 놈은 대머리가 된다고. 탈모방지나 발모 케어 같은 걸 해도 소용없어."

아니, 누나? 뭔가, 아주 드라이한 말을 한 거 같은데! 그리고 빠지냐 마냐 이전에 아픈데요! 진짜 괜찮은 건가?! 괜찮은 거 맞아?! 저기요?! 전 일시적인 탈모도 사절인데요!!

그대로 한동안 누나가 하는 대로 아아야야의 형벌을 받았다. 누나의 고무장갑에 붙은 수십 가닥의 머리카락을 보고 난 아마 안타까운 표정을 지었을 것이다.

"――――그렇지?"

"오, 오오, 검은색이네………… 너무 까맣지 않아?"

"말했잖아, 일주일 정도는 그런 느낌이야. 빡빡 씻으면 이틀 정도로 자연스러운 느낌이 나지만."

염색도 끝나 씻은 다음에 드라이어를 켜니 검은 머리가 되긴 했다…… 되긴 했지만 기이한 검은색. 빛이 닿아도 반사되지 않는 레벨. 좀 더 자연스러운 머리카락 같은 검은색을 상상했는데……. 만진 느낌은 전에 갈색으로 염색했을 때랑 똑같았다.

다음 날, 나츠카와로부터 '아, 염색했다'라는 말을 듣고 나는 죽었다. (※안 죽었음)

6장 ♥ 〈⋯⋯⋯〉 ♥ 동쪽과 서쪽

동기(動機)—— 그것은 어떤 상황에 있어도 따라오는 행동의 원동력이다. 아이는 몸속 깊은 곳에서 솟아오르는 동기를 원동력으로 바깥을 뛰어다니고, 중학생은 알 수 없는 판타지를 상상하면서 그것을 구현한다. (※일정 계층) 그리고 사춘기라는 과도기를 거쳐 아련한 감정에 눈을 뜨면, 그 감정의 칼끝이 가리키는 상대를 생각하면서 불끈불끈 끓어오르는 마음을 자신의 원동력으로 승화시키는 것이다. 특히 남자.

요컨대 무슨 말을 하고 싶냐 하면.

"사랑한다는 건 대단한 일이었구나……."

풋내 나는 감상과 함께 눈앞의 용지에 시선을 떨구고 오른쪽 위를 봤다.

"——'65위'인가……."

지옥의 기말고사를 맞이하여 어떻게든 헉헉대면서 극복했다. 너무나 괴로워서 이제는 쾌락을 느끼는 수준이다. 등수가 더 높은 녀석들은 마조히스트 아냐?

봄이 끝날 때도 중간고사가 있었는데, 결론부터 말하자면 내 순위는 떨어졌다. 그때는 분명 32위였다는 기억이 있다. 하지만 그때는 공부하는 게 그렇게 괴롭게 느껴지지 않았단 말이지.

짐작 가는 원인은 있다. 그때는 '나츠카와를 쫓아간다'는 강철의 의지가 있었다. 애초에 여기는 상당한 수준의 학교다…… 나츠카와에게 집착하지 않았다면 이런 곳에는 진학하지 못했을 것이다. 이번에는 지난번과 비교하면 공부량이 확실히 적었다. 그보다 동기가 없었다.

지금의 내가 한 번 더 이 학교의 수험공부를 하고 시험을 보면 어떻게 될까……. 65위라는 순위도 지금까지 쌓아온 토대의 도움을 받은 부분이 있다. 다음에도 이걸 유지할 수 있을지 어떨지…… 큰일이네, 다음번부터 재검토해야겠다.

"사죠찌 몇 위야~?"

"호앗챠?!"

"구겼어?!"

갑자기 뒤에서 들여다보니 그렇게 되지. 난 누군가에게 보여준다는 전제를 가지고 용지를 펼친 게 아니라고. 특히 아시다 같은 애는 바로 놀려먹으니까 빈틈을 보여서는 안 된다.

뒷자리 책상에서 몸을 내밀어 보려고 하는 아시다를 원망스러운 눈으로 올려다봤다. 아시다는 내가 경계한다는 걸 알아차렸는지 웃으면서 사과하며 힘없이 물러났다.

"난 74등이었어!"

"엣."

얌전히 물러난 줄 알았는데 아시다는 스스로 자신의 순위를 폭로했다. 상당한 볼륨으로 발설된 그 말은 확실하게 내 귀에 들어갔고, 물어보지도 않은 아시다의 순위를 알고 싶지 않아도 알게 되었다.

그러니까, 어, 응? 이건 그건가? 자기가 말했으니까 너도 말하라는 건가……. 분명 그럴 거야.

……뭐 상관없나. 100등 이내는 나중에 게시되는 것 같으니. 아시다에게 이긴 이상 더는 약점도 안 될 테고.

"자, 급등락하고 있다고."

"육십—— 높아진 것 같진 않은데…… 사죠찌, 전에는 좀 더 위 아니었어?"

"이, 잊어버렸어."

"아니, 동요하고 있잖아."

이 녀석은 왜 나의 지난 순위까지 파악하고 있는 거야…… 그때는 알고 지낸 지 두 달 정도밖에 안 됐었잖아? 정보망인가? 여자 특유의 정보망인 건가……? 어, 그럼 혹시 다른 여자도 내 순위를 파악하고 있나……?

"호에~, 어차피 또 50등 이내일 줄 알고 물어봤는데 의외네~."

"그, 그러는 네 76등이라는 순위는 어떤데."

"74등이야. 그 부분은 똑바로 해야지."

"알았어."

아무래도 아시다 나름대로 자신의 순위에 자부심을 가지고 있는 듯했다. 아니, '에헴'이 아니잖아. 나보다 아래인데 왜 그렇게 자랑스러워하냐.

"지난번 내 등수! 기억해?!"

"기억 안 나는데."

"220등! 이건 대약진이잖아!"

"너 바보였구나."

"과거형!! 과거형이라면 용서하지!!"

어머나, 얘는 눈에 띄게 분위기를 띄우고 있어. 나와는 달리 제대로 공부했구나…… 요즘 배구부로 바쁘다는 이미지밖에 없었는데, 공부도 열심히 했다는 건가. 좋아, 정했다. 이 녀석에게 지지 않는 것으로 동기를 부여하자.

"여어, 사죠! 너 몇 등이냐? 난 230등."

야마자키는 행복해 보이네.

◆

"우와, 갱장해."

장난으로 이렇게 말했다고 생각하지? 이건 혼잣말이다. 정신을 차리고 보니 목구멍 안에서 흘러나오고 있었다.

개인성적 발표로부터 며칠. 교실 뒤쪽 벽에 학년 순위표가 붙었다. 이거 보라며 기뻐하는 학생, 보지 말라며 가리려고 하는 학생, 나는 더 이상 신경 쓰지 않기로 했다. 무엇보다 시험이라는 존재를 더 이상 떠올리고 싶지 않았다.

나도 모르게 기분 나쁜 말이 튀어나온 이유는 위에서 두 번째에 적힌 이름. 놀랍게도 거기에 우리의 아이돌 겸 여신인 '나츠카와 아이카'라는 문자가 적혀있었다. 여전히 스펙 높은 인재야!

이전 중간고사 때는 내가 32등이고 나츠카와가 27등이었던 기억이 있다. 시험공부 할 때조차 따라다녔으니⋯⋯ 그때는 스토커처럼 등수도 뒤에 딱 붙어있었다.

이번 시험으로 각성한 나츠카와. 이제 그녀를 막을 자는 어디에도 없다. 아니, 진짜 대단한데. 역시 난 시험공부를 꽤 방해한 모양이다. 분명 중학교 때를 포함해도 이런 등수는 달성하지 못했을 건데.

"아이찌! 반만 나눠줘!"

"뭐, 뭘!"

틀림없이 반 톱을 차지했을 나츠카와는 아시다를 필두로 한 모두에게 둘러싸여 있었다. 이전의 나였다면 가장 먼저 저기에 갔을 것이다. 지금은 그런 맹렬한 용기는 없지만 멀리서 바라보는 나츠카와의 부끄러워하는 표정도 나쁘지 않다. 훗⋯⋯ 성장했잖아, 나츠카와. 팬을 하는 보람이 있어⋯⋯.

"사죠."

"엉?"

누군가 날 부르기에 돌아보니 사사키가 묘하게 의기양양한 얼굴로 자리에 앉아있는 나를 내려다보고 있었다.

"어, 어째서 네가 이 교실에?"

"아니, 내 반이니까 있지…… 왜 외부자 취급하냐."

미안하다, 지금은 기분이 좋아서인지 장난을 칠 수 있을 정도로 너에 대한 여유를 느끼고 있어. 잘생긴 사람을 대하면서 이렇게까지 감정 없이 있을 수 있는 건 태어나서 처음이다. 역시 거짓말이다. 도시락을 잘못 들고 와서 2단 전부 밥이면 좋을 텐데.

"무슨 일이야 사사키. 결국 동생한테 빼앗겼나."

"뭘 말이야! 아니야, 시험 등수!"

사사키가 동생 이야기를 안 한다고? 말도 안 돼…… 그렇게 장난스러운 생각을 하면서 사사키가 들이댄 학년 순위표를 훑어봤다. 사사키의 이름을 찾아보니, 내 이름보다 훨씬 위에서 발견되었다.

"29위…… 꽤 하는군."

"그렇지? 그러는 넌 꽤나 내려간 것 같은데. 공부를 못 따라가게 됐나? 응?"

큭…… 이 녀석 뭐야, 도발하고 자빠졌어! 빈정거리는 태도까지 그림 같다니, 이 미남 놈이!

이건 간과할 수 없는 사태라고. 시원치 않은 학생의 무기는 문화 계열 전반——— 즉, 공부다. 그걸 축구부 미남 녀석에게 빼앗기는 건 도무지 납득이 안 된다. 내가 상상도 못 한 곳에서 동기부여가 됐다고!

"너 같은 놈의 패스는 전부 오프사이드가 돼야 해……!"

"너 꽤 잔혹한 말을 하는구나……."

이상하다. 아무리 발버둥 쳐도 똑같은 판 위에 올라갈 수 있을 것 같은 느낌이 안 들어.

역시 동기부여 덕분인가. 이 녀석이 갑자기 화나는 말을 하는 건 나츠카와를 두고 나랑 경쟁하기 위해서지? 애초에 스타트 지점부터 능력차가 지독한데요? 게다가 난 이미 몇 번이나 차였고. 원래부터 스펙 상으로 축복받지 못했으니까, 진심으로 나를 상대하는 건 그만뒀으면 좋겠다.

"……나한테 자랑하는 건 좋다만, 나츠카와한테 좋은 모습 보여주고 싶다는 생각이라면, 그 등수로는 어림없지 않겠냐?"

"윽……."

나츠카와는 학년 2등이니까, 29위 정도로 나한테 우쭐대도 아무 의미도 없다는 거지. 오히려 공부 쪽은 가시밭길 아냐? 1등이라도 하지 않으면 멋없잖아. 빡빡하네.

아니, 지금 보니 1등의 이름이 엄청나게 기네…… 뭔가 영어가 들어가 있고. 유학생? 유학생이라는 것만으로도 머리가 좋을 것 같은 느낌이 드는데.

"뭐, 공부 같은 건 그만두고 축구에 힘써. PK 놓치지 말라고, PK."

"아니, 아무리 그래도 공부를 그만둘 수는—— 큭, 대회 전에 이상한 프레셔 주지 말라고……."

애초에 사사키는 1학년인데 레귤러 멤버인가? 선불리 선배를 제치고 일찍부터 레귤러가 됐으니 질투와 시기가 겁날 것 같다. 뭐, 사사키라면 괜찮겠지. 유키라는 든든한 여동생이 있으니까!

◆

기말고사 결과도 알았으니 이제 여름방학을 기다리기만 하면 된다. 내 기분은 지금 계속해서 좋아지고 있다. 그건 그렇고 시험 결과는 가족에게 보고해야만 하나요……. 전에는 결과가 좋아서 자랑스럽게 보여줬지만…….

……응, 가능한 한 입 다물고 있자.

점심. 오늘은 드물게도 도시락을 샀다. 그도 그럴 게 나츠카와와 아시다에게 좀 더 제대로 된 걸 먹으라는 말을 들었기 때문이다. 왜 그래, 빵도 괜찮잖아…… 싸고 맛있잖아. 그리고 딱히 몸에 나쁜 것도 아니지 않나?

화장실에서 돌아와 교실의 중앙—— 나츠카와가 있는

곳으로 향했다. 전에 아이리를 만나러 갔을 때 얼떨결에 함께 밥을 먹겠다고 선언을 해버렸기 때문이다. 딱히 대접 받는 건 아니지만.

———아이리를 만난 다음 날.

"어라? 사죠찌 어디 가?"

"어?"

파랗고 하얀 상표가 달린 우유와 편의점에서 사 온 점심 밥을 들고 안뜰 벤치로 가려고 하니, 나츠카와에게 가려고 하는 아시다에게 붙잡혔다. 무슨 볼일 있냐는 시선으로 쳐다보니 아시다는 말없이 나츠카와를 손가락으로 살짝 가리켰다. 손가락이 가리킨 방향을 보니,

"———앗."

눈이 맞았다.

나는 바로 눈을 피했다. 어색함을 느꼈다. 기억났다.

식은땀이 흘러내렸다. 그러고 보니 바로 어제 그런 대화를 했던 것 같다. 설마 내가 나츠카와와 관련된 일을 잊는 날이 올 줄 몰랐다. 나는 자기혐오에 빠졌다. 알 수 없는 분함이 느껴져서 무의식적으로 어금니로 혀를 깨물었다.

"어라? 저놈은……."

"아하하~, 역시 아이찌 인기 많네."

"……."

시라이 외에 여자 몇 명——을 데리고 빈자리에 앉아 나츠카와에게 말을 거는 사사키의 모습이 눈에 들어왔다. 그걸 보고 '아아, 사사키도 진심이구나' 하고 생각했다. 가슴속에서 솟아나는 차디찬 감정이 뭔지도 곧바로 깨달았다. 이 감정을 자각하고 스스로 다스릴 수 있게 된 것만 해도 다행이라고 해야 하려나.

　"자! 약속했잖아! 사죠찌!"

　"너네는 머릿속을 링크해뒀냐? 왜 알고 있는 거야……,"

　나츠카와에게 하는 말과 행동은 아시다에게도 전해지는 일이 많았다. 뭐, 나츠카와의 친한 친구이니, 별로 아쉬울 것 없이 말하는 것일지도 모른다. 아시다를 전폭적으로 신뢰하고 있는 것 같으니까. 큭, 지금만큼 여자가 되고 싶다고 생각한 적은 없었어…….

　사사키는 나보다 아시다를 더 신경 써야 하는 게 아닐까 하는 생각을 하면서, 우리도 그 무리에 끼어들었다.

　나츠카와네 집에 간 다음 날부터 그 주변에서 밥을 먹기도 하고 먹지 않기도 했다. 매일이 아닌 이유는 또 너무 가까이 다가가면 다들 '아, 또 따라다닌다~'라는 생각을 하고 나와 나츠카와를 멀리하기 때문이다.

　——아무튼, 제대로 된 영양 밸런스를 한 손에 들고 교실 중앙으로 향했다. 안뜰 쪽 창가에 앉아 불쾌하다는

듯 바라보는 무라타와 코가를 향해 속으로 피식 비웃어주고는, 한 가족인 양 모여있는 나츠카와 그룹의 끝자리에 앉았다. 나츠카와의 시대가 왔구나…… 인기가 너무 많아서 나츠카와나 아시다에게 다가갈 수가 없는데.

"아, 사죠."

"안녕."

이 녀석은 이이호시. 반장을 맡은 뭔가 평범해 보이는 여자다. 개인적으로는 꽤 점수가 높다. 말로 해도 듣지 않는 상스러운 녀석들은 바로 잘라버리는 대쪽 같은 성격과 스스로 솔선해서 주위의 학생과 어울리며 천천히 분위기를 만들어가는 모습에서 반장의 재능이 느껴진다. 요즘에는 그런 점을 특히 더 느끼게 되었다.

딱히 특별히 귀엽다거나 남들에게 좋은 모습을 보여주려 하는 것도 아닌 것 같은데. 장소의 분위기를 잘 컨트롤해서 무라타나 코가 같은 녀석들이 멋대로 못 하게 하는 느낌이랄까? 바깥 해자부터 메워나가는 느낌이 소름 돋는다. 소문으로는 반장에게 인정받은 여자만 모인 대화방이 있다나 뭐라나. 거참, 무섭군.

"……대가족이네."

"아~, 지금 아이리 붐이니까."

"붐이라니?"

"오늘이야, 제2회."

아아, 아이리를 귀여워하러 간다는 그건가. 그렇다는 말은 사사키가 불려간 게 제1회라는 것인가. 후후후, 사실은 제3회라고요, 부인. 제2회는 이미 개최됐어요, 알고 계셨나요? VIP라고요 VIP.

"이이호시도 솔깃한 것 같네."

"일단 나도 갈 거야. 만날 기회가 있으면 만나고 싶은걸."

"그래?"

"그 '나츠카와의 여동생'이라는 것도 인기 있는 이유 중 하나니까. 여동생을 계기로 삼아서 나츠카와랑 친해지고 싶어 하는 애도 있어."

"괜찮네."

저널리스트 수준의 분석. 운영진이냐…… 설마 나와는 따로 나츠카와 친구 100명 대작전(어라, 이런 이름이었나?)을 몰래 진행하는 녀석이 있을 줄은 몰랐다. 아마 이이호시 입장에서는 나츠카와의 교우관계만 생각하는 게 아니겠지만.

"반의 분위기를 만드는 건가."

"딱히 그런 거창한 건 아냐. 그냥 이상한 게 반의 중심적 존재가 돼서 불편해지는 게 싫을 뿐이지."

"………."

자칫 섬뜩한 말을 웃으면서 말하니 알 수 없는 공포가 느껴졌다. 나츠카와에게 맹렬하게 다가가 광대가 되고, 무

라타나 코가와도 아무렇지도 않게 지낸 나는 과연 '어느 쪽'
일까………… 깊이 생각하는 건 그만두자, 심장에 안 좋다.

"사죠는? 요즘 나츠카와랑 얘기 안 하기도 하고 얘기하
기도 하던데."

그건 그냥 평범한 거 아닌가? 아는 사람이랑은 꼭 얘기
해야 하는 건가? 질문이 이상해서 도리어 뭘 묻고 싶은지
는 알겠는데…… 일·본·어·모·릅·니·다.

"핫하하, 글쎄? 이 분위기 때문에 다가가기 어려워졌을
지도?"

"말도 안 돼, 분명 무슨 일 있었지? 다들 그렇게 생각하
고 있어."

"진짜냐."

아니 뭐, 그렇게 생각하겠지. 그렇게 끈질기게 따라다녔
으니. 오히려 지금까지 아무런 질문을 못 받아서 이상하게
조심스러워한다는 느낌을 받았다고. 분명 잘못된 추측을 하
고 있겠지…… '차였다'고 생각하는 건 당연하다 치고……
다들 대체 뭘 상상하고 있는 거지? 경찰을 부르고 난리가
난 것 같다던가? 우와, 뭔가 위험하지 않아?

"전 결백합니다."

"갑자기 뭐야."

결코 이상한 일에 손대지 않았습니다요, 예. 머리는 염색
했지만. 그러고 보니 검은 머리에 대한 반응이 꽤 좋았지.

SNS처럼 모두에게 '좋아요!'를 받았다. 경박해 보이는 느낌이 옅어졌다나? 끝내 '없어졌다'는 말은 안 해줬지만 말이지. 애초부터 경박하게 보였던 걸까. 난 그럭저럭 일편단심인 편이라 생각했는데. 오히려 갈색으로 염색한 편이 요즘 고등학생이라는 느낌이 들어서 좋지 않아?

아니, 그런 것보다 나츠카와다. 드디어 진가를 발휘하는 건가…… 들러붙지 않는 것만으로도 이렇게 될 줄이야. 요즘은 나츠카와도 왠지 쾌활하고 기분이 좋아 보여서 저 앞으로 확 멀어진 듯한 느낌이 들었다. 이게 원래 여신의 힘이라는 건가, 무서운 아이야……!

"하지만 아버지는 기쁘단다."

"어?"

좋네, 이 거리가 최고다. 여자의 마음 같은 건 모르겠고, 나츠카와든 아시다든 아무리 신중히 생각하고 대해도 화나게 만드는 때가 있으니까. 이런 살짝 떨어진 곳에서 보면서 응원하고 즐기는 게 가장 평화롭다. 아, 웃었다. 귀여워.

"방과 후에 재밌게 놀았으면 좋겠네. 나츠카와도, 반장도."

"어? 으, 응. 뭐, 사실은 꽤 기대하고 있어. 시라이나 오카모토가 흥분해서 귀엽다고 역설했으니까."

"그렇네. 하지만 귀엽기만 한 게 아니라 체력도 꽤—— 아니, 아무튼 귀엽겠지. 분명 그럴 거야, 응."

——위험해라…… 쓸데없는 말을 할 뻔했어. 나츠카와

123

는 여동생에 관한 일에는 진지해지니까. 쓸데없는 선입관을 줘서 덧나지 않도록 해야지. 그렇게 파워풀한 부분은 말하지 않으면 아무도 모를 테니까. 달려드는 건 나 정도라고 말했고.

의외로 이이호시는 대화가 꽤 잘 되는 타입의 여자였다.

◆

"게임…… 노래방………."

대화의 분위기가 고조되거나 노래방에서 분위기가 고조되거나 게임에 몰두하는 등…… 정신을 차리고 보면 문득 화장실에 가고 싶어지는 때가 있지. 이이호시가 못 알아차리게 하는 데 애먹었다.

"──응?"

화장실을 향해 복도를 걷고 있으니 앞에서 세 여자가 걸어오는 게 보였다. 평소라면 그렇게 눈을 끌지 않을 텐데, 그녀들 중 한 명의 분위기가 독특해 나도 모르게 시선을 돌리고 말았다. 가까이에서 보니 선두에서 걷는 엄청 화려한 금발을 가진 여자가 본 적 있는 학생이라는 걸 알았다. 전에 학생회실을 몰래 들여다보던 아이가 틀림없다. 학생회장인 유우키 선배의 약혼자라나 뭐라나.

"역시 이쪽은 서민적이네. 촌스럽다고 할까, 뭔가 우리

쪽보다 소란스러운 느낌이 들어."

"어쩔 수 없어, 이쪽은 '일반가정'의 학생만 있으니까."

날 신경을 쓰지 않는지, 세 사람은 스쳐 지나 멀어져 갔다. 저쪽은…… 우리 교실이 있는 방향? 뭐 됐어, 지금은 일단 볼일을 보자. 지금 방광 근처에 펀치를 맞으면 아마 한 방에 줄줄 샐 거야. 빨리 처리해야 한다.

"──후우…… 아?"

볼일을 다 보고 교실로 돌아가려다가 문 앞에서 이상한 3인조를 발견했다. 아까 본 금발과 일행들이었다. C반의 슬라이드 도어를 살짝 열고 몰래 안을 들여다보듯이 몸을 구부리고 있었다. 모두 1학년과 똑같은 색깔의 넥타이를 하고 있었다. 나쁜 짓을 하려는 건 아니겠지만, 금발이 뭔가를 몰래 한다는 것만으로도 수상하다는 느낌이 들었다.

근데 여긴 학생회실 앞의 복도와는 상황이 다른데. 여긴 사람이 많이 다니니까. 지금은 우연히 나와 이 셋밖에 없지만. 이 반에 유우키 선배는 없다고. 셋 다 스토커처럼 몸을 숙이고── 숙여?

……호, 호오? 잘 보니 꽤 아찔한 것 같기도 하고 아닌 것 같기도 하고…… 위험해라. 내 발이 떨어지지 않아. 대체 왜? 요즘 정신적으로 지쳤나. 본능이 마음을 치유하라고 부드럽게 속삭이고 있기 때문입니다.

어쩔 수 없지…… 여기선 비장의 수단── 우보전술!!

"저 여자가 '나츠카와 아이카'인가……."

"너희, 나츠카와한테 무슨 볼일이냐."

"햐아아앗?!"

"꺄아아앗?!"

"……?!"

아니 이 여자, 아까 뭐라고 했어? 나츠카와 아이카? 안 그래도 누나한테 악감정을 품고 있어서 요주의 인물인데, 이번에는 나츠카와? 자전거 뒤에 동여매고 운동장에서 질질 끌고 다녀줄까? 아앙? 그 금발에 검은 염색약 끼얹어줄까 인마.

"앗, 핫…… 콜록……! 가, 갑자기 뒤에서 말 걸지 마세요!"

"……아."

대답을 들은 순간에 정신을 차렸다. 어라? 나 왜 말을 건 거지……? 귀찮다는 건 알고 있잖아. '나츠카와'라는 단어에 너무 격하게 반응한다고. 어머나, 나 나츠카와를 너무 좋아하는 거 아냐……? 그러고 보니 좋아했었지.

일단 진정하자. 정신을 차린 지금이야말로 이 상황을 타개할 어택 찬스. 아니, 공격하면 안 되는 거 아닌가?

그래, 평범하게. 평범하게 가자. 학생회실 앞에서 금발 애랑 한 번은 만났잖아. 누나한테 좋은 감정이 없는 것 같으니까 이름표는 떼고 여기선 온화하게, 온화하게……. 처음 만났을 때 분명 장난으로 높임말을 썼었지?

"오랜만이네요, 아가씨."

"어, 어어……? 어라…… 당신 어디선가……?"

"학생회실 앞에서 한 번 만났습니다. 그때는 당신이 곤란한 듯이 안을 들여다————"

"왓! 와~! 와!~!"

"안을 들여다보고 있는 게 인상적이었습니다!!"

"왜 말해버리는 거예요?!"

스토커는 안 된다, 절대로. 나는 굴하지 않는다…… 이 세상에 나쁜 사람의 무도한 짓을 널리 알리는 거다……! 그렇게 많은 미소녀가 부끄러워하는 얼굴을 햇빛 아래에 드러내는 거다!! 후히히히힛!

"마리카 씨가…… 학생회실에? 유우키 님을 만난 거 아냐……?"

"응…… 약혼자인 것 같으니까."

"그, 그래요! 저는 약혼자인 하야토 님 곁에 있어야만 하니까요! 그러니까, 그때는 점심을 같이…….."

"그런 것 치고는 부회장을————"

"왓~! 와~앗!"

뿅뿅 뛰면서 내 앞을 막으려고 하는 금발. 왠지 수상한 녀석이 아닌 것 같은 느낌이 들기 시작했어…… 넌 그렇게 재밌는 느낌을 주는구나.

그러니까, 누나가 마음에 안 든다는 건 비밀사항이야?

이런 경우의 라이벌 역할을 하는 인물은 추종자를 잔뜩 데리고 당당하게 비난하거나 하지 않아? 의외였어.

잘 생각해보니 K4와 누나의 만남은 우리가 입학하기 1년 이상 전이지. 라이벌이 등장하기에는 너무 늦은 걸지도. 그보다 애초에 누나는 두 학년이나 선배잖아.

"으, 으그극…… 역시 '동쪽'이네요. '서쪽'과는 달리 숙녀에 대한 일말의 배려도 없는 태도…… 이래서 사교의 사자도 모르는 일반가정 출신은 싫어요!"

"뭐?"

일반가정 출신 운운하는 건 아무래도 좋은데…… 동쪽? 서쪽? 대체 무슨 소리지? 이 학교에 그런 차별적인 게 있어? 확실히 이 학교는 안뜰을 중심으로 교사가 동서로 있는데…… 발을 들이면 안 되거나 그런 건가?

금발 여자애가 한 말이 뭔가 걸린다고 생각하고 있으니, 세 명이 들여다보고 있던 문이 갑자기 열렸다.

"햐아앗?!"

"───뭐 하는 거야 너…….."

"무슨 일이야, 사죠찌."

"어? 나츠카와? 앤드 아시다?"

"참 알기 쉽다~ 사죠찌. 으응?"

놀라는 세 사람, 기막혀하는 나츠카와, 웃는 채로 화내는 아시다, 그리고 나.

그러고 보니 조금 소란스럽게 한 것 같다. 문을 연 나츠카와는 나와 눈이 맞자마자 수상쩍은 눈으로 바라봤다. 오랜만에 느끼는 눈길…… 잘 봤습니다!

"무슨 상황이야?"

"세 명이 나츠카와한테 볼일이 있다고 해서 말을 걸어봤어."

"불량배 같은 짓은 그만해……."

실례되는 말이군. 보아하니 생트집을 잡았다고 생각하고 있지? 나츠카와를 지키기 위해 본능적으로 말을 걸었는데…… 이 잔챙이 같은 느낌을 보면 그럴 필요도 없었을지도 모르겠지만.

"끅…… 나, 나츠카와 아이카 씨! 당신에게 볼일이 있어요!"

"나? 무슨 일인데……?"

"학년 2등이라는 우수한 성적을 거두고 조금 귀엽다고 해서——…… 정말로 귀엽네요……."

"어, 고, 고마워……."

좋네!

이해가 안 되는 전개지만 나도 모르게 엄지를 척 들어 올릴 뻔했다. 아시다와 나츠카와가 일상적으로 꽁냥거리는 것을 보고 있어서인지 내 취미가 어떤 방향으로 기울어가고 있었다. 가까이에서 삼가 보게 되어 정말 영광입니다. 이 밀고 밀려서 부끄러워하는 느낌이 정말이지…… 응.

"서, 성적이 조금 좋은 당신에게 학년 1등인 저—— 시노노메 클로딘 마리카를 응원할 권리를 주겠어요!"

"어, 어?"

"나츠카와, 응원해주는 게 어때?"

"어? 그러니까…… 힘내!"

"아니야~! 그런 게 아니에요!!"

"아야야, 미안, 미안하다고."

어째서인지 내가 찰싹찰싹하고 맞았다. 뭐, 실제로 장난을 쳤으니 말이야. 하지만 크로마—— 크로마티? 넌 한 가지 착각을 하고 있다! 나츠카와는 '조금' 귀여운 게 아니라, '엄청' 귀엽다!! 완전 좋아!!

크로마티는 정신을 가다듬듯이 '흠흠!'하고 소리를 내고는 다시 나츠카와 쪽으로 몸을 돌려 손가락으로 척 가리켰다. 반대로 꺾어버리고 싶다.

"저를! 차기 학생회장으로 만들기 위해서 응원하는 거예요!!"

"학생회장……? 1학년이 학생회장이 될 수 있어?"

"——내가 설명할게!"

"우옷?!"

크로마티의 추종자 중 한 명, 흑발 스트레이트 여자가 앞으로 나왔다. 크로마티가 설명해주라고 말하는 것처럼 거만하게 몸을 젖히는 모습이 묘하게 짜증 났다. 하지만 왜일까, 신기하게도 내가 아무것도 하지 않아도 자폭할 것 같은 예감이 들었다.

"학생회의 모든 직책은 1, 2학년 따지지 않고 추천, 입후보 가능해요. 그런 자유로운 교풍이기에 학년 상관없이 많은 표를 얻은 학생이 선출되죠."

"이야, 걸어 다니는 학생수첩이다."

"흐흥."

"카, 카오루코 씨……? 아마 칭찬이 아닐 거예요."

내가 무감정하게 내뱉은 말을 듣고 뜻밖에도 싫지만은 않은 듯한 표정을 짓는 카오루코 씨. 아니, 그래도 이해해. 이런 착실한 설명을 하면 제대로 대답만 해줘도 기쁘단 말이지. 왠지 모르게 경험이 있는 것 같은 느낌이 들어.

"하지만 생각보다 1학년은 불리한 상황입니다. 학교에서 지내는 세월이 길면 길수록 학교의 장단점을 더 잘 이해할 수 있으니, 학생의 대표는 상급생이 되어야 한다는 풍조가 있기 때문이죠. 이를 극복하고 1학년이 자리를 차지하는 것은 쉬운 일이 아닙니다."

"풍조……."

분위기를 파악하지 못하는 녀석은 배척당하는 것이 세상의 이치…… 그건 알고 있지만, 학생회장이라는 귀찮은 직책을 나서서 하고 싶어 하는 녀석이 달리 있을까? 아, 딱 한 명 떠오를지도.

"그럼 카이 선배가 되는 거 아냐……?"

"그분은 학생회장을 하지 않을 것이라고 말씀하셨다고 합니다. 그것이 사실이라면 현재 선배 중에는 명실공히 두드러지는 분은 없죠."

"흐음."

카이 선배는 출마하지 않는 건가. 그럼 차기 학생회장이 누가 될지 전혀 알 수가 없네. 애초에 2학년 선배와는 그렇게 관계가 없으니.

"그래도 2학년은 약 240명…… 시기가 오면 반드시 입후보자가 나타날 겁니다. 그렇기에 저는 그전까지 뜻이 있는 사람을 모아야만 합니다…… 차기 학생회장이 되기 위해서."

그렇구나. 나쁘지 않은 생각이다. 일개 고등학생이 학교의 미래를 진지하게 생각할 리는 없으니 즉흥적으로 좋은 공약을 걸어도 아무도 관심을 가지지 않을 것이다. 그런 상황 속에서 표를 가장 많이 벌 수 있는 수단은—— 바로 지명도다. 학생들에게 미리 얼굴과 이름을 팔아두면 학생들은 으레 그 입후보자에게 표를 준다.

모두의 아이돌이 된 녀석이 승리를 손에 넣을 수 있다. 학생의 선거는 보통 그런 것이다. 자신의 지지자를 모으기 위해 눈에 띄는 존재를 광고탑으로 기용하는 것은 나쁘지 않은 발상이다. 나츠카와를 영입하려는 마음도 이해된다.

"——하지만 그건 악수야."

"……뭐라고요?"

무심코 본심 그대로 대답하고 말았다. 이런, 일이 귀찮게 되겠다고 생각해도 때는 이미 늦었다. 무슨 뜻이냐는 눈빛을 보내는 크로마티에게서 도망칠 수 있을 것 같지 않으니…… 제대로 설명할 수밖에 없었다.

"뭔가 이상한 말이 들렸는데…… 이유를 물어봐도 될까요?"

"너무 눈에 띈다고요, 나츠카와는. 얘를 광고탑으로 삼으면 주위에서는 이렇게 생각하겠죠. '어? 나츠카와가 아니라 저 사람이 입후보해?'라고."

"뭐, 뭐라고요……?!"

"평범한 남학생의 시선으로 단언하죠. 나츠카와를 영입하면 오히려 당신의 존재가 희미해져요. 그저 옆에 있는 것만으로도."

무슨 뜻이냐고 말하는 듯한 시선이 나를 꿰뚫었다. 일부러 말하지 않으면 이해가 안 되나…… 개인적으로는 압도적인 차이인데.

확실히 이 아이는 혼혈의 얼굴에 금발도 어울리고 귀엽긴 하니 눈에 띈다. 크로마티가 눈에 띄는 방식은 그야말로 그 점을 무기로 삼고 있다. 그런데 옆에 자기 이상으로 귀여운 사람을 두면 의미가 사라진다.

"나츠카와가 더 귀여워요."

"_____."

마치 말도 안 된다고 말하는 것처럼 입을 뻐끔거리는 크로마티. 뒤에 있는 두 사람도 그렇게까지 말하냐고 항의하듯 나를 노려보았으나 나츠카와의 모습을 다시 찬찬히 보고는 관자놀이를 움찔거렸다. 어떠냐, 우리 나츠카와는. 너희가 봐도 존재가 희미해질 것 같지?

"마, 마리카 씨……! 그녀는── 나츠카와 씨는 '동쪽'이야! 너무 간섭하면 안 돼요!"

"마, 맞아요……! 우리는 '서쪽'답게 화려하게 뜻있는 사람을 모으면 돼요!"

"……."

작게 부들부들 떨며 화난 기색을 보이는 크로마티. 예상을 뛰어넘는 대답에 말문이 막힌 모양이다. 어설프다고, 그 정도로 나츠카와를 이용하려고 해도 그렇게는 안 되지. 반드시 귀찮은 일에서 멀리 떼어내 주지.

"──훗, 후후훗………."

"……!"

한동안 떨던 크로마티는 억지 미소를 지으며 아까 전까지 느껴지던 잔챙이 분위기를 확 바꿔 눈을 번뜩였다. 그리고는 '눈여겨보겠다'고 말하는 듯한 눈빛으로 고개를 살짝 숙여 나츠카와에게 째려보는듯한 시선을 던졌다.

"———힉……?!"

——하지만 크로마티는 나츠카와를 보자마자 몸을 굳혔
다. 나도 무심코 몸을 긴장시켰지만, 나츠카와 쪽을 보고
이유를 알았다.

모두까지는 아니었지만, C반 학생 대부분이 입구 앞에
나와 우리의 모습을 살펴보고 있었다. 그중에는 노골적으
로 민폐라는 듯이 크로마티를 노려보는 녀석도 있었다. 이
래서는 상대할 수가 없겠네요…… 완전히 나쁜 놈이 됐잖
아. 아니 애초부터 요구가 불합리했지만.

"마, 마리카 씨, 지금은…….."

"무, 물러나는 편이 좋을 것 같은데…….."

"윽……."

쩔쩔매는 세 사람. 주로 뒤에 있는 두 사람은 크로마티
를 필사적으로 설득하는 듯했다. 사태를 악화시켜 나쁜 의
미로 눈에 띄고 싶지 않은 거겠지. 정말이지 어떤 경위를
거치면 추종자라는 위치에 몸을 두게 되는 걸까.

"……그럼, 실례하겠습니다."

이건 나 같은 녀석이 나서도 방법이 없겠구나. 크로마티
의 상대가 너무 나빴다고. 근소한 차이가 나는 성적을 제
외하고 외모도 인덕도 우위인 나츠카와에게 싸움을 걸려
고 했으니. 당연한 결과다. 당연히 역으로 당하죠.

"사죠찌, 사죠찌."

"응……? 어……."

방관하던 아시다가 쓴웃음을 짓는 기색을 보이며 손가락으로 휙휙 가리켰다. 무슨 일인지 생각하며 대각선 뒤를 돌아보니, 거기에는 얼굴을 양손으로 가리고 어째서인지 부들부들 떨고 있는 나츠카와가 있었다. 기분 탓인지 다 가리지 못한 귀가 빨개진 것 같은데…….

"어, 뭐야, 무슨 일이야."

"아니, 사죠찌 때문이거든. 쑥스러워하지도 않고 엄청난 말을 해서 그렇잖아."

"엄청난 말……?"

"그 왜, '귀엽다'고."

"뭐? 나츠카와는 그런 말을 귀에 딱지가 앉도록 듣는 거 아냐?"

"그, 그럴지도 모르지만…… 그렇게 당당하게 말하는 걸 들으면 난처하지 않을까………."

'귀엽다'는 말은 지금까지 입에 신물이 나도록 해온 말이고, 무엇보다 내가 그렇게 생각하고 있다는 건 주지의 사실이잖아. 이제는 나츠카와한테 귀엽다고 말하는 데 어떤 부끄러움도 느껴지지 않는데. 나츠카와도 듣는 데 익숙해진 거 아냐?

"……이거 시간과 장소와 상황이 갖춰져 있었네."

"다른 의미로 딱지가 앉게 생겼네."

"사죠찌, 그런 거라고. 진짜로."

에에…… 갑자기 화내지 마. 무서워…….

시선을 째려보는 불량배처럼 ↑↓로 움직이는 아시다를 보고 초조해하고 있으니, 교복 자락을 툭툭 잡아당기는 느낌이 들었다.

뒤돌아보니 아직 얼굴을 빨갛게 물들인 그대로인 나츠카와.

"……부, 부끄러운 소리 하지 말라고……."

"귀여워."

"……보, 보지 마."

"이게 언제나의 전개지."

그런 분석은 필요 없거든. 그보다 어떻게 다른 거야…… 흑심이 있냐 없냐의 차이? 진지한 얼굴로 말하면 기쁘다던가? 맡겨둬, 나의 멋있는 표정으로 기뻐해 준다면 몇 번이든 말해주지. 귀여ㅡㅡ 째려보지 마, 아시다…….

"ㅡㅡㅡ기, 기다려요, 아마노!"

"……."

"기, 기다리라는 말이 안 들려요?!"

"어, 아, 나……?"

내가 교실로 돌아가려고 할 때 크로마티가 누군가의 이름을 외쳤다.

어이, 누구야. 빨리 대답하라고, 아마노.

그런 생각을 하면서 뒤돌아보니, 크로마티는 어째서인지 나를 똑바로 보고 있었다. 어, 내가 아마노……? 엄청 자연스럽게 아마노가 됐는데 무슨 일이지? 왜 내가 아마노라고 생각한 걸까…… 아마노 와타루…… 꽤 적절하네…….

"아시겠어요?! 아무리 우아함에 차이가 있더라도, 마지막에 이기는 것은 행동으로 옮긴 자뿐이에요!"

"네? 예?"

"전 반드시 차기 학생회장이 될 거예요! 그러기 위해서라면 거기 있는 '귀여운' 나츠카와 아이카 씨에게도 지지 않을 거예요!"

크로마티는 그런 말을 내뱉고는 발길을 돌려 다른 두 명을 데리고 떠나갔다. 차기 학생회장 건은 그렇다 쳐도, 나츠카와에게 귀여움으로 이기려고 하는 모습이 너무나도 무모하다는 생각이 들어 오히려 불쌍하게 느껴져 걱정되었다.

"……크로마티………."

"크로마티? 그게 누구야?"

"어……?"

◆

기말고사라는 성가신 기간을 넘어서자마자 찾아온 파란.

'서쪽'이나 '동쪽' 같은 대명사로 돌려 말했는데 무슨 뜻이지? A~C, D~F반으로 교사가 동서로 갈린 걸 말하는 건가 했는데, 사실은 내가 모르는 전통이라도 있나……? 반 배정은 그냥 무작위인 줄 알고 있었다.

하지만 아무래도 차별적이다. 그 아가씨 같은 표현은 크로마티의 아이덴티티라 생각했지만, 뒤에 있던 두 사람도 묘하게 거만하게 굴었다. 입학하는 시점에 뭔가 특별한 지시가 있었던 걸지도 모르겠다.

"있었어."

"진짜냐……."

담담하게 가르쳐준 사람은 이이호시였다. 뭔가 묘하게 달관한 듯한 느낌이 있어서 어쩌면 싶었는데 진짜로 알고 있을 줄이야…… 몰라뵀습니다. 반장으로서의 책무, 앞으로도 열심히 해주세요.

"생각해봐, 이 주변에는 유명한 기업이 많잖아. 주택가를 빠져나와서 역을 끼면 회사 단지고."

"아아, 그러고 보니."

"게다가 여기는 사립 진학교고…… 높으신 분이 볼 때 아이의 학력으로 집안의 체면을 차릴 수 있는 거지. 그리고 이 학교는 꽤 오래됐잖아?"

"아아, 그런 말을 듣긴 하지."

그러고 보니 이 학교 뒤편에 어디에도 이어지지 않는 황

폐한 로터리가 있었지…… 입학 당초에는 역으로 이어져 있지 않은지 기대했었지만.

"그렇게 되면 옛날의 근성이라고 해야 할까…… 원래부터 세 반씩 동서로 나눈 것도 있고, 출자자와 그렇지 않은 가정을 되도록 구별하고 싶다는 느낌이라고나 할까…… 알겠지?"

"'알겠지?'라니…… 아아, 그래서 '서쪽'이나 '동쪽'이라고 말한 건가."

완전 차별이잖아. 그 녀석들의 부모 입장에서는 '일반가정은 속물'이라는 인식이 다소 있는 거잖아? 뭐, 그렇다고 해서 교사진으로부터 부당한 취급을 받거나 하는 건 없는 것 같지만.

"하지만 D~F반이라고 해도 세 반이나 있잖아. 부잣집 자식이 그렇게나 있어?"

"음…… 이미 대부분은 E반에 보내있는 게 아닐까? 나머지 두 반은 계열 관계라던가……."

"흐음? 왜 굳이 E야? 잘 모르겠네……."

"엘레강트."

"엉?"

"'Elegant'의 'E'. '고상한'이라는 뜻이라 그런 거래. 소문이지만."

"진짜?"

무슨 말을 하는 건지 이해가 안 되는데요…… 그런 이유라고? 괜찮은 학교라는 느낌이 전혀 안 드는 바보 같은 이유인데. 분명 출자자 중 누군가가 신나서 발언했겠지? 설마 학교 측에서 제안하진 않았겠지…….

"뭐, 시대적으로 그런 풍조도 옅어져 가는 것 같지만. 특히 여기 1, 2학년에서."

"흐음? 부자도 있으니까 나라에 찍혔다거나 그런 거야?"

"아니, 단순히 '동쪽'이 강했던 거야. 인덕도 결속력도, 용모도 성적도."

"종합 우승이잖슴까."

"난 선도부장과 학생회 부회장을 보고 납득했어. 둘 다 '동쪽'이잖아."

"그렇네. 선도부장을 보면 납득할 수 있지."

"어……? 응, 선도부장과 학생회———"

"선도부장 말이지."

이 학교에 그런 역사가 있었구나. 드라마나 만화 속에서만 일어나는 이야기인 줄 알았다. 교무실과 사회과 자료실은 남쪽 교사, 음악실과 가정과실은 북쪽 교사이니, 건너편의 서쪽 교사에 갈 일이 너무 없어서 전혀 의식하지 않았다.

"특별히 화제에 오르지 않을 뿐이지 '동쪽'과 '서쪽'의 학생 중에 똑같은 부활동에 들어간 사람은 알고 있지 않을까?

그렇다고 해도 초등학생 때부터 배웅과 마중을 받으며 살아온 도련님과 아가씨가 스포츠 계열 부활동에 들어간다는 이미지는 별로 안 떠오르지만."

"그, 그렇구나……."

내가 초등학생 때 부모님이 배웅해주고 마중 나와줬다는 사실은 덮어둬야 하나. 게다가 부활동에도 소속되어 있지 않으니 왠지 나도 찔린다…… 안녕하세요, 도련님입니다.

◆

밤. 누나가 학원에서 돌아온 타이밍에 별생각 없이 물어봤다.

"누나네 학년에도 동쪽이나 서쪽 같은 게 있어?"

"어? 아아…… 그 이상한 거 말이지."

이야기를 들어보니 누나가 1학년일 때는 꽤 심했다고 한다. 교사가 학생을 대할 때의 차이. 부비의 격차, 시험 내용의 차이. 그게 원인이 되어 비뚤어져 가는 '동쪽' 학생들. 우월한 입장을 이용한 폭력행위.

"──굉장했네……."

근데 그걸 조정한 게 당시 2학년이었던 '서쪽' 출신, 유우키 선배라고 한다. 아무래도 노블레스 오블리주다운 방식으로 '서쪽'을 내부로부터 바꿔나갔다는 모양이다. 근데 말을 안 했을 뿐이지, 당신도 분명 관여했겠지? 뭐야? 그 여러 일이 있었다는 느낌의 얼굴은.

"그리고 그 금발인 애는 어떤 집안이야?"

"금발인 애……? 아아, 그 녀석 말이구나."

"그래그래, 그 안타까운 타입의 혼혈."

이 근방에서는 '시노노메'라는 성도 전혀 들을 수 없으니까. 부자 같은 분위기를 내고 있었지만 실은 단순한 롤플레이(코스프레)일지도?—— 하고 의심했는데, 누나의 말을 들어보니 진짜 부자인 모양이었다. 프랑스 방적회사 사장님의 따님이라고 한다. 회사명과 성은 전혀 관계가 없는 것 같다. 유우키 선배와는 서로의 부모님이 알고 지내면서 생긴 인연이라고 한다.

"흐음, 그 계집애가 학생회장 자리를 말이지……. 하야토의 집안은 지역에서 유명한 회사이고 천 제품도 취급하고 있어. 그 녀석이 위세로 누르면 거역할 수 없는 학생이 많아. 그 약혼자 이야기가 학교에 퍼졌다면 마리카도 학생들을 위세로 누를 수 있을지도 모르지."

"애초에 학생회장이 되려는 목적은?"

"그거야——…… 아니, 모르겠어, 아무래도 상관없어."

"갑자기 시들해지지 마."

갑자기 누나의 얼굴에서 '아니, 우리 무슨 얘기를 하는 거야?'라는 느낌이 감돌기 시작했다. 급기야 대화를 끊고

텔레비전을 보기 시작했다.

어렴풋하게 눈치채고 있었지만, 누나는 크로마티를 엄청 아래로 보고 있구나…… 대화 주제로 삼는 것조차 바보 같다는 것처럼…… 뭐, 느낌을 보면 '성가시다'는 감상 정도는 가지고 있을 것 같은데.

마저 말해달라고 들려달라며 불평을 늘어놓고 싶지만, 누나도 피곤할 테니 더 이상 물어보지 말고 가만히 둘까. 개인적인 생각인데 거칠고 건성건성 한 성격과 달리 일을 잘하는 건 반칙이란 말이지. 피곤한 얼굴을 보이면 신경을 쓰게 된다고.

아아, 누나가 나츠카와라면———.

누나로는 안 끝나겠네요…… 이런 캐미솔 차림으로 소파에 드러누워 있으면 금단의 무인기기 일이킬 거야. 신싸 친누나라는 건 신기하다. 이성일 텐데 왜 아무것도 느껴지지 않는 걸까. 그 살짝 보이는 배를 손바닥으로 팡 치고 싶은데요. 그냥 평소의 복수 같은 의미로. 아니, 안 하겠지만. (※못 한다)

"지지 않을 거야……!"

"엉……?"

갑작스러운 선전포고. 이이호시가 교실에서 나를 손가락으로 가리키며 분하다는 듯이 나에게 선언했다. 대체 왜? 모르는 사이에 성희롱 같은 거라도 해버렸나? 그냥 보는 건 세이프지? 아니, 빤히 쳐다보는 게 아니라 그냥 바라보는 정도로.

"어떻게 하면 용서받을 수 있나요."

"사과 안 해도 돼. 내 힘이 부족했을 뿐이니까."

"어…… 으음? 이이호시한테 원인이 있는 거야?"

"아니, 사죠한테."

"누가 좀 도와주세요!!"

진짜 여자의 이런 점은! 뭔가 화내고 있지만, 무엇에 화내고 있는지 가르쳐주지 않는 점은! 모처럼 주가가 오름세였는데, 이이호시!

이럴 때는 성격이 다소 대범한 편이 좋단 말이지…… 누나는 무엇을 원하는지 태도에 드러나서 알기 쉬우니까 나은 편이다. 아니, 좋지는 않지만.

"뭐야 뭐야, 무슨 일이야."

"뭐 하는 거야……."

"너 무슨 짓 한 거야."

"사죠, 바~보."

마음의 외침이 들린 건지, 다들 무슨 일이냐며 모이기 시작했다. 모인 건 고맙지만 왜 다들 내가 잘못했다고 전제를 까는 거야?

기막힘 7할, 흥미 3할.

모여든 얼굴을 보니 뒤의 두 명은 흥미와 기막힘이 뒤바뀌어 있다. 이놈들아, 이건 구경거리가 아니라고. 나와 반장의 치열한——

"치사해 사죠! 교실의 중심에서 사랑을 외치다니……!"

"그런 기억 없어!"

뭐야, 반장. 오늘 왜 이래? 보기 드물게 감정적이라 해야 할까, 주관적으로 말한다고 해야 할까. 어른스러운 인상을 주던 그녀는 대체 어디에…….

그런 소동의 중심—— 아니, 내 자리니까 교실 구석이지만, 그곳으로 시라이나 다른 여러 사람이 줄줄이 찾아왔다. 아니 잠깐만, 얼마나 모이는 거야?!

"뭐야 뭐야—— 아아…… 어제 그거구나."

"어제? 무슨 일 있었어? 마이찌."

시라이 뒤에서 쓴웃음을 짓고 있던 사이토가 혼자 납득한 듯이 말했다. 다도 같은 걸 하고 단아한 이미지를 가진 아이가 갑자기 요즘 여고생 같은 말투를 쓰면 생기는 갭이 좋네요…… 그런 건 상관없어. 아시다는 바로 잘 물어봤어. 오늘도 좋은 스파이크를 날려줘. 나한테 말고. 상대편 코트에.

"아이리가 자빠뜨렸지."

"자세히 말해."

"말해보거라."

"사죠찌와 야마자키, 하우스."

난 개가 아니야. 아니아니, 흥미로운 말이 들려서 반사적으로 물어봤을 뿐이니까. 단아한 사이토의 입에서 '자빠뜨린다'는 말이 나오다니, 발칙하다. 그것에 대해서 자세히 물어보지 않을 수가— 나츠카와 씨? 그 성가신 것을 보는 눈은 저희 누나와 통하는 부분이 있는데요?! 소파에 누워있는 나를 눈빛만으로 '비켜'라고 하는 누나 같은 눈빛이라고요!

"정말이지…… 어제 모두가 놀러 왔을 때 아이리가 이이호시한테 뛰어들었어."

"그건 또 왜?"

"글쎄…… 하지만 그 후에 확실히 네 이름을 말한 것 같은데……."

"'사죠보다 약해'. 그런 말을 들었어……."

"훗, 이겼군."

"'이겼군'이 아니라고, 정말! 넘어졌다고!"

나 때문이야? 뭔가 훈훈하니까 내 탓이라도 괜찮아. 그보다 아까 뭐라고 했어? '지지 않을 거야'? 좋다고, 그럼 저하고 직접 부딪쳐보지 않을래요? 아, 죄송합니다.

"그보다! 사죠는 아이리랑 만난 적 있어?!"

"밤이 내린 런던에서 만났지…… 운명적인 만남이었어."

"걔, 다섯 살인데."

달빛이 아름다운 밤에── 어이, 나와 나츠카와를 두근거린다는 눈으로 보는 건 그만둬. 난 그런 걸 원하지도 않고, 나츠카와한테도 폐가 되잖아. 그보다 내가 누군가와 알콩달콩하게 지내면 꺅꺅댈 수 있는 거야? 나는 그만큼 미남이었어?

"의외네~. 나츠카와는 사죠에 대한 가드가 특히 단단하다는 인상이 있었는데."

"전에 '절대로 못 만나게 할 거야!'라고 말하지 않았나?"

"어? 아, 그건……."

흥미 있다고 말하는 듯한 시선에 나츠카와가 당황했다. 개인적으로는 숨길만 한 일도 아니라서 가만히 나츠카와의 대답을 기다리고 있자니, 나츠카에게서 도움을 구하는 눈빛이 날아왔다. 어, 비밀로 하는 건가? 둘만의 비밀이라는 건가? 뭐야 그거, 엄청난데. 갑자기 두근거리게 만드는 건 그만하지 않을래? 경기 일어날 것 같아.

"아~ 뭐, 그거야. 물건을 사고 있었더니 어머나 세상에. 저쪽에서 카노 자매* 같은 두 사람이 걸어오는 게 아닌가."

"걔 다섯 살인데."

실패했다. 설마 갑자기 떠오른 자매가 그 자매일 줄이야…… 애초에 내 생활 범위 안에 있을 리가 없잖아. 평범한 고급 백화점에도 없다고. 그보다 외모도 아이리는커녕 나츠카와도 안 닮았다고. 뭐가 안 닮았는지는 말하지 않겠지만.

"그래…… 운 나쁘게도 나와 아이리는 결국 만나고 말았지."

"잘도 담담하게 말하는구나, 너……."

만나고 말았다고 말하긴 했지만 실제로는 불려갔으니까. 나도 설마 그런 날이 올 줄은 몰랐다. 그날 일은 지금도 현실감이 없으니 말이야. 나츠카와가 아직 나를 거북하게 여기는 게 아닐까 하는 생각마저 하고 있다. 실제로는 그렇지 않은 것 같지만…… 실감이 안 난단 말이지…….

"'들켜버렸다'고 말하는 듯한 나츠카와. '아, 이건 거북한 화제'라고 생각하며 굳는 나."

"생각보다 제대로 된 생각을 하고 있어?!"

"나에게 달려드는 아이리."

"어째서?!"

---

*카노 자매는 언니인 카노 쿄코와 동생인 카노 미카 2명으로 구성된 50대 연예인 유닛

"그때부터 양자가 호각으로 맞붙기 시작했다."

"걔 다섯 살인데."

그게 아니야…… 아이리의 무기는 다섯 살 아이 특유의 근력이 아니라 무한한 체력과 포기하지 않는 마음……! 걔는 왜 나에게 이기려고 하는 거지?

"──그래서 그런 호적수인 내가 없었다면 이이호시가 대신 당했을 거라는 거지."

"그럼 사죠 때문이잖아."

"그렇네."

에클레어 하나로 타협했다.

◆

나츠카와가 해를 입으면 견딜 수가 없으니 개인적으로 금발 아가씨를 경계하는 나날이 이어졌다. 그 이후로 크로마티가 접촉해오는 일은 없었다. 다시 '동쪽과 서쪽'에 대한 소문을 조사해보니, 불편한 분위기가 아직 남아있는 듯했다. 현재 부활동을 통해 사이가 나쁘다는 소문이 조금씩 퍼지고 있다는 느낌이다. 귀가부인 나나 나츠카와는 알 도리가 없지. 아시다도 배구부에는 서쪽 학생이 없다고 했었다. 사이토 같은 다도부는 면식이 있는 것 같지만, 이야기는 별로 안 하는 듯했다.

정보는 무기이고, 이 일에 휘말린 나츠카와도 걱정되지만, 나 스스로가 트러블은 피하고 싶었다. 언제 무슨 짓을 저지를지 모르니, 앞으로 가능하면 이런 일에 대해 주의를 해두자. 어라, 지금 나 뭔가 능력 있는 남자 같지 않아? 앗 핫핫하.

"⋯⋯⋯하아."

비, 강함. 여름의 세례다. 장마라고 하면 6월이라는 이미지가 있지만, 몇 년 동안이나 7월이나 8월에 이어지는 이미지가 있다. 우산을 써도 발은 축축하고 학교에서 생활한다고 해도 젖은 양말에서 전해지는 불쾌감이 폭발한다.

통학로를 걸으면서 빗소리를 유행곡의 반주로 삼아 흥얼거렸다. 우산에 튀는 물방울 소리가 그런 내 목소리를 지워줬다. 습기가 가져다주는 불쾌감도 노래방으로 변한 공간이 누그러뜨려 주었다── 어, 지금 표현, 시적이지 않았어? 와타오*.

일본에서 가장 쓸데없는 생각을 하다가 뒤에서 큰 트럭이 다가오는 소리가 나는 걸 알아차렸다. 피해야 한다── 그래도 보도에서 걷고 있으니 걱정할 건 없지만⋯⋯ 아니, 잠깐만?

"잠깐──"

---

*아이다 미츠오(相田みつを)라는 유명한 시인이 있는데 뭔가 시적인 표현을 했을 때 이 사람을 따라서 이름 뒤에 '~오'라고 붙이기도 한다. 와타루 같은 경우에는 '와타오'라고 써서 아이다 미츠오를 따라 한 것이다

◆

"물이 뚝뚝 떨어지는 싱싱한 남자…….'

"눈도 얼굴도 죽었네…….'

텐션이 마구(魔球)와 같은 포크볼. 너무 떨어져서 포수의 고간에 쏜살같은 스트레이트. 꽤 임팩트 있는 말이네. 진짜로 그런 일이 일어나면 야구 인생이 아니라 남자의 인생이 끝장날 것 같다.

"재수가 없어…….'

물에게 폭력을 당했다.

아시다가 불쌍해하는 표정이 전력으로 때린 스파이크 같은 위력으로 정신을 공격했다. 설마 여러 군데에서 손수건이나 수건 같은 것을 받을 줄은 몰랐다. 고마운데 말이야, 야마자키, 이 가방 밑바닥에서 꺼낸 구깃구깃한 수건은 대체 언제 썼던 거냐?

게다가 튄 진흙과 모래는 닦아내기만 하고 씻어내진 못했다. 즉 그거다. 세제로 잘 문질러서 씻었는데 식기가 계속 미끈거릴 때의 불쾌감이다.

"여름인데 잘도 체육복을 뒀네…… 미개봉으로.'

"연일 입을 일이 없으니까…… 초봄에는 한 벌 있으면 충분했고.'

153

"아니, 태그가 그대로 붙어 있잖아."

"3,980엔…… 이게 나의 가격인가……."

"잠깐……."

"이해해~, 텐션이 최악일 때 부정적인 생각 드는 거, 잘 알지~."

"끄흐……."

"꽤 둔탁한 소리가 났는데."

눈앞에 있는 책상에 이마를 떨궜다. 아팠지만 아프지 않았다. 이젠 될 대로 되라는 생각이 마구 들었다. 비가 안 내려도 가끔 이럴 때가 있지. 좋은 일이 있다면 나츠카와가 조금 상냥하게 대해준다. 아흐으.

"운이 나빴다고밖에 표현할 길이 없네."

"왜 꼭 비 오는 날에 트럭이 지나가는 걸까……."

"물웅덩이의 물을 끼얹으려고 오는 거야……."

그런 트럭이 주택가 근처를 지나가도 되는 건가? 이사업자라면 몰라도 명백하게 물류계였는데…… 누구야, 업무용 단위로 매입하는 일반인은…….

"……."

"아니, 어, 와타루?! 자지 마, 적어도 태그는 떼고."

"어, 잤어? 잔 거야? 거짓말이지?"

"아이리보다 잘 잠드는데……."

아니, 아직 잠들지 않았어…… 하지만 이젠 이대로라도

상관없어. 엎드려 있는 편이 편하다. 쓸데없이 움직여서 젖은 팬티가 늘어나는 걸 느끼고 싶지 않아.

아직 1교시조차 시작하지 않았는데 이 피로감은 뭘까…… 정신적인 문제? 개나 고양이 영상이라도 보고 치유를 받을까? 아니, 그래도 Wi-Fi가 없는 곳에서 영상을 보는 건 좀…… 어머니한테 혼나.

아~…… 의욕이 전혀 안 생겨. 몸 어딘가에 의욕 스위치 같은 게 없을까…… 없어도 상관없어. 지금은 적어도 조금 마르는 걸 기다려……———.

◆

컵이 있었다.

새하얀 공간에 투명한 컵. 그저 그것을 내려다보고 있었다.

수도꼭지가 나타났다. 새로 지은 집에 있을 법한 세련된 수도꼭지.

수도꼭지의 손잡이가 올라갔다. '맛있어요'라고 말하는 듯이 컵에 물이 따라졌다. 그동안 어째서인지 컵이 기뻐하는 걸 알 수 있었다.

수도꼭지에서 흐르는 물이 멎었다. 컵에는 마시기에 딱 좋은 정도의 물이 들어있었다. 모처럼이니 먹으려고 손을

155

뻗었지만, 시야에 자신의 손이 비치는 일은 없었다. 어리 둥절했지만 그 컵은 어딘지 만족스러워했다.

컵에서 김이 났다. 시야에 비치지 않는 손으로 컵을 만져보지만 뜨겁지 않았다. 위에 손을 올리니 손바닥이 축축해지는 것을 알 수 있었다. 이건…… 증발하고 있나?

정신을 차리니 세련된 수도꼭지는 사라진 뒤였다.

컵에 있는 물이 빨리 감기라도 한 듯이 줄어들어 갔다. 그럴 때마다 컵이 '기다려, 가지 마'라고 필사적으로 외치고 있다는 것이 전해졌다.

물은 조금씩, 하지만 확실하게 줄어들었고, 이윽고 컵이 텅 비었다. 아무래도 컵은 비통함에 고통받는 듯했다. '왜, 어째서'라며 울면서 슬퍼하고 있다. 그걸 보니 왠지 가슴이 아팠다.

이 장면이 한동안 이어졌다. 컵은 빈 그대로. 아무래도 여기는 시간이 빨리 흐르는 듯했다. 안 그래도 알기 쉽게 빈 컵이 말라가는 모습을 계속 바라봤다. 컵은 그렇게 자신이 말라가는 것을 받아들이고 가만히 고개를 숙이고 있는 것처럼 느껴졌다.

물소리가 들렸다.

깜짝 놀랐다. 컵도 놀라고 있었다. 황급히 주위를 살펴보고 수도꼭지를 찾았다. 그러자 컵 위에 수도꼭지가 나타났다. 아까 전 것과는 달리 적적한 공원에라도 있을 법한 약간 녹이 슨 수도꼭지. 하지만 컵은 그것을 보고 기뻐했다.

그것도 잠시, 수도꼭지에서 엄청난 기세로 물이 나와 컵에 담겼다. 컵은 그렇게 물이 채워져 가는 자신을 보고 잠깐 기뻐했지만, 자신의 적정량을 넘어가니 당황하기 시작했다. '이제 됐어, 더 따르지 마!'라고, 열심히 호소하는 것을 알 수 있었다. 하지만 물은 무정하게도 컵에서 넘치기 시작했다.

수도꼭지는 아직도 부족한지, '좀 더, 좀 더 받아줘'라고 말하는 듯이 컵에 물을 계속 따랐다. 무엇이 그를 그렇게까지 몰아세우는지는 모른다. 컵은 그 수도꼭지에게 화내고 있었다.

물줄기가 아주 약간 약해졌다. 수도꼭지를 보니 주둥이 연결부의 틈에서 물이 새고 있었다. 원래 녹슬어 있던 탓에 너무 강한 물줄기를 버티지 못했던 것일지도 모른다.

신경이 쓰여 컵을 봤다. 컵은 물을 흘리면서 폐가 된다는 듯이 고개를 돌리고 새침한 태도를 보이고 있었다. 애초부터 머리 위에 있는 수도꼭지를 올려다볼 여유 따위는 없는 것이리라.

얼마나 시간이 흘렀을까, 수도꼭지의 물소리가 바뀌었다. 뭔가 싶어 올려다본 순간, 수도꼭지의 주둥이가 날아갔다.

부서져서 부품과 물이 튀었다. 어떻게든 하려고 나도 모르게 손을 뻗었지만, 여전히 손은 시야에 비치지 않았다. 마치 처음부터 존재하지 않는 것처럼.

컵도 역시 깨달았다. 부어지던 물줄기의 변화가 노골적이었는지 머리 위를 올려다보고 수도꼭지의 모습을 보자 굉장히 놀랐다. '괜찮냐'고 물어봤지만, 그 목소리가 수도꼭지에 닿는 일은 없었다.

수도꼭지가 부서진 한편, 컵은 여유를 되찾기 시작했다. 물이 넘치는 일은 없어졌고, 다른 것을 신경 쓸 여유도 생긴 듯했다. 컵은 드디어 제 컨디션을 되찾았다며 부서진 수도꼭지는 아랑곳하지 않고 기뻐했다.

물이 멎었다.

수도꼭지는 제 형태를 크게 일그러뜨려 스스로 물을 틀어막은 듯했다. 격렬하게 물을 뿜어내던 때와 같은 열정은 느껴지지 않았다. 그야말로 단순한 무기물로서—— 부서진 수도꼭지로서 자리를 지킬 뿐인 듯했다.

한편 컵은 콧노래를 부를 정도로 기분이 좋았다. 딱히 뭔가를 하는 것도 아닌데 수면을 유쾌하게 찰랑찰랑 흔들면서 계속 싱글벙글 웃었다.

그렇게 느긋하게 있어도 괜찮은가 하고 생각했다. 이 상황이 과연 웃을 수 있는 상황일까. 그런 의문에 대답하듯이 아까 전과 똑같이 증발이 시작되었다. 컵은 아직 그것을 깨닫지 못했다.

물이 줄었다. 절반 이하가 되었을 때 컵이 깨달았다. 놀라서 당황했지만, 물이 줄어드는 걸 막을 수 없었다. 아까 전의 세련된 수도꼭지와는 달리 위에 있는 부서진 수도꼭지는 모습을 감추지 않고 거기에 계속 있었다.

컵은 물이 채워져 있던 때의 감각을 잊을 수 없었는지 처음과는 달리 메말라가는 자신을 용서할 수 없었다. 그만해, 가지 마, 나에게는 물이 필요해. 물이 없으면 난——.

물이 없어졌다.

컵은 울었다. 눈물이 흐르고 있는지, 슬픈 표정을 짓고 있는지는 보이지 않았다. 분명 지극히 소리가 없는 공간인데, 어째서인지 그 컵의 통곡이 들렸다. 그 모습을 보니 다시금 가슴이 욱신거렸다. 채워지든 마르든 자신의 손으로 아무것도 할 수 없는 컵의 운명이 굉장히 불합리하게 느껴졌다.

컵은 울음을 그치지 않았다. 물은 없어져 다 말라가는데 계속해서 물을 갈구했다.

왜지, 어째서 아직도 물을 찾는 거지? 아까도 똑같았잖아? 자신의 운명을 받아들이고 납득하는 것 외에는 길이 없지 않은가? 현실은 그런 거잖아?

그저 그렇게 생각만 했을 뿐. 입 밖으로는 내지 않았다——그랬을 터였지만 마치 메시지로 전해진 것처럼 컵은 이쪽을 돌아봤다.

컵은 이쪽을 보고 놀라더니 가만히 의식을 닫았다.

──이윽고, 컵은 말랐다.

8장 ♥ ⟨⋯⋯⋯⟩ ♥ '소중함'과 '신뢰'

"음…… 으엉?"

…………아, 이런. 이건 그거네, 제대로 잔 거네. 큰일이잖아, 이건 고개를 드는 순간에 선생님이 '좋·은·아·침'이라면서 비꼬는 패턴이다. 우와, 저질러버렸네.

그보다 지금 시간이 얼마나 흘렀지? 귀를 기울이고 어떻게든── 엉? 뭔가 소리가 멀지 않아? 귓속이 막힌 듯한 느낌이…… 기분 탓인가?

──아니, 들린다 들려. 이 살짝 거드름 피우는 듯한 말투…… 세계사 선생님이다. 앞머리의 센스가 90년대풍이고 말도 재미있게 하는 선생님이지. 수업이 종잡을 수 없을 때는 계속 앞머리를 본다. 그건 아마 세팅을 하는 거겠지…… 훅하고 바람을 불면 화낼까…… 화내겠지.

뭐, 아무튼 이건 세계사니까 3교시군. 이거 꽤 잔 거잖아…… 아~, 나중에 담임인 오오츠키의 귀에 들어가고 끝내는 학생지도를 맡은 나카무라한테 전해져서 지독하게 혼나겠지~…….

……아, 분필 소리. 지금 선생님은 칠판 쪽을 보고 있는 것 같으니 고개를 들려면 지금 들어야 하는 거 아냐? 그렇지, 지금밖에 없어. 마치 아까 전부터 일어나 있었다는 느

낌을 내면서 아무것도 모르는 척해야지. 하나~ 둘.

……………어, 어라? 이상하네. 고개는커녕 머리가 안 올라가는데. 아니, 진짜로. 안 올라간다고 해야 할까, 좀 더 가벼운 힘으로 들 수 있을 줄 알았는데…… 어라, 머리가 이렇게 무거웠나? 뭐, 뭐 일단 머리를 들어야 하나. 웃차, 하나~ 둘━━━

"웃…… 으아………."

……앗, 이건 위험하네요. 두통 나서 아파, 두통 나서 아프다고. 복창할 정도로 아프다. 머리 앞쪽이 특히 심하다. 지구의 중력과 눈에 비치는 빛과 풍경이 자극에 불과했다. 정보량이…… 정보량이 날 죽이려 하고 있어요! 난 뭘 실황 중계하는 거야…….

아~, 그렇구나. 귀가 먹먹하게 느껴진 건 이게 원인인 건가. 완벽하게 몸 상태가 나빠진 거구나, 아~ 예예.

"━━찌."

아, 지금 아시다가 작은 목소리로 날 불렀지, 분명 그럴 거야. 이럴 때만 눈치가 빨라진단 말이지. 미안해, 지금은 대답할 여유가 없어.

"━━━으극."

응, 흔들흔들. 뭐라고? 나 사실은 아직도 아기처럼 목을 못 가누고 있었던 거야? 그럴 리가 없나. 두통이 내 균형 감각을 빼앗았을 뿐이지. 어라? 혹시 이거 생각보다 중증인 건가……?

"드디어 눈을 뜨셨나요? 사쥬 군."

"아――――."

들켰다. 제대로 들켰다. 으엑, 선생님 일부러 내 눈앞까지 왔잖아. 아니 뭐, 오겠지. 자기가 가르치는 수업에서 실컷 자는 녀석이 있으면 한마디 불평이라도 하고 싶어질 거야. 그보다 고개를 숙이고 있어서 알아차렸는데, 나 지금 체육복을 입고 있잖아. 혼자만 체육복을 입고 있으니 들키지 않을 리가 없지.

"옷을 그렇게 입고 있는 사정은 들었어요. 뭐, 기분이 나쁜 건 이해하지만, 수업을 안 들어도 되는 이유가 되진 않아요."

"……예."

"다음부터는 그런 트러블도 예상하고 학교에 오도록 하세요."

"……예, 저기………."

"뭔가요."

"보건실에 가도 되나요……."

생각보다 말이 술술 나왔다. 감기 초기라서 그런지 목은 아직 안 갔구나. 당신의 감기는 어디서? 난 머리.

아~…… 그래도 수업 중에 말하면 안 됐을지도. 눈에 띄잖아. 보건실에 가고 싶다고 하면 무슨 일인가 싶잖아. 그냥 앉아서 듣기만 해도 되니 수업이 끝날 때까지 기다려도 괜찮았을지도 모르겠네.

선생님은 약간 놀란 느낌으로 나를 보더니 의외로 진지하게 생각해 주는 듯했다.

"괜찮습니다. 단, 다음 수업 전까지 복습해두세요."

"네…….'"

몸에 힘을 넣어 일어서려고 했다. 아아…… 역시 이 타이밍을 놓치면 큰일 났을지도. 생각보다 몸이 무거워. 이거 눈에 띄고 싶지 않다는 이상한 고집을 피울 상황이 아니었네.

"웃…… 차차차——— 차차차차차?!"

"잠깐?! 사죠———?!"

"끄흑………!"

요란하게 울리는 충격음. 아프진 않았지만, 뇌가 흔들리는 느낌이 콧속을 찡하게 했다. 자신이 지금 어떤 자세로 어떤 상태인지 잘 모르겠다. 다만 입에서 괴로운 소리가 나왔으니 아마도 교실 문에 세게 부딪쳤을 것이다.

"———찌!! 괜———아?!"

"얘——! ———차려!!"

나 뭐 하는 거지…… 이러면 쓸데없이 주목받기만 하잖아. 빨리 일어서서 보건실로 가야…… 어라, 팔은 어디에 힘을 넣어야 움직이더라? 이상하네, 나 사실은 상태가 많이 안 좋은 걸 수도. 어라, 그보다 지금 뭐 하고 있었지? 어, 여긴 침대 위? 내가 누워있어? 아아, 그럼 딱 좋지. 왠지 졸리기도 하고, 이대로 조금 쉬고……———.

◆

중학교 2학년으로 올라갈 때 처음으로 가식적으로 행동했다.

이유는 '다들 그렇게 하고 있었기 때문'이다. 그랬더니 놀랍게도 약간 소외당하기 쉬웠던 나도 주위 사람과 어울려 장난을 칠 수 있게 되었다. 그때부터였다. 시험해보는 느낌으로 시작해본 그것을 계속하게 된 것은.

모든 진심을 드러내지 않는 것. 뻐딱한 자세로 눈에 들어오는 모든 것의 핵심을 꿰뚫어 봤다는 듯한 시각으로 본 것 같다. 그리고 표면을 꾸미는 사이에 깨달았다. 아아, 이게 어른이 된다는 것이구나. '아이'라는 순수함을 잃어가는 우리는 순수하게 사이가 좋아질 수 없으니 다른 자기 자신을 만들어 진짜 자신을 지키는 방패로 삼고 있구나. 그렇게 손으로 더듬어 가는 것처럼 사이가 좋은 녀석을 늘려나갔다.

하지만 '아직 어른이 아닌' 난 항상 그걸 유지할 수 있을 리가 없었다. 분명 나를 둘러싼 모두가 그런 시기였을 것이다.

그 당시의 내가 꾸며낸 자신을 유지할 수 있는 주요한 필드는 교실. 아직 익숙해지지 않았을 때는 거기서 한 발짝이라도 나가 혼자가 되면, '탁해져 가는 아이'로 쇠락했다. 그렇게 방심했을 것이다.

그때도 비가 계속 오고 있었다.

요란한 금속음. 흩어지는 요리와 식기. 별일 아니다. 습기로 바닥이 미끄러워진 식당에서 내가 누구보다도 요란하게 넘어졌을 뿐이다. 지금은 그렇게 실수하는 것을 누군가가 봐도 '아~, 누군지는 모르겠지만 저질렀구나' 하는 정도로만 생각했을 것이다.

하지만 그때의 나는 달랐다. 자신의 평가를 신경 쓰는 시기였다. 나는 주위 사람이 '촌스럽다'고 생각만 한다고 해도, 그걸 이상할 만큼 두려워했다. 실수를 저지른 나를 보고 소리를 멈추고 주위의 모두가 움직이려 하지 않았던 것도 그런 마음을 부추겼을지도 모른다. 어쩔 수 없다. 다들 나와 똑같은 시기를 보내고 있었을 테니.

그 순간은 1초도 안 됐을 것이다. 그때의 나는 놀랍게도 자신의 미숙함을 구현하듯이 얼굴이 팔리기 전에 달려서 도망치려고 했을 것이다.

그때였다. 도망치지 못하게 막겠다는 듯이 어떤 여학생이 말을 걸어온 것은. 움직이는 것을 잊어버리고 강렬하게

시선을 빼앗겨버린 그 순간은 지금도 선명하게 기억하고
있다.

그녀에 대해서 알아가고 내가 바닥없는 늪에 삼켜지기
까지 시간은 그리 오래 걸리지 않았다.

◆

시야에 비치는 천장을 아느냐 모르느냐를 신경 쓸 여유
는 없었다. 알기 쉬운 불쾌함을 이를 악물고 얼굴을 찌푸
려서 어떻게든 완화할 수 있었을 뿐이다.

"웃…… 젠장."

몸 상태가 최악일 것이다. 자신에게 운이 없는 것에 대
해서 보통이라면 안 할 만한 욕이 입에서 튀어나왔다. 비
와 습기가 그 원인이라 생각하니 더 불쾌해졌다.

"일어났어?"

"……어……?"

아직 눈도 못 떴는데 누군가가 말을 걸었다. 희미하게
감도는 약품 냄새. 여긴…… 보건실? 기억은 잘 안 나지만
무아지경으로 어떻게든 도착한 모양이다. 눈꺼풀을 여니
어디선가 본 적 있는 장년의 여성 교사가 있었다.

"보건교사 신도입니다. 아침에 젖은 교복을 받았을 때
보고 또 보네."

"아, 안녕하세요……."

"기억나? 교실에서 쓰러졌다던데. 몇 명한테 안겨서 실려 왔거든?"

"……."

전혀 내 발로 온 게 아니었어. 게다가 내가 실려 왔다고? 어머나 세상에, 누가 이상한 곳은 만지지 않았을까── 여유 있구나…… 진짜로 몸 안 좋은 거 맞아……?

아니, 전혀 기억 안 나. 보건실에 가야 한다고 생각한 것까지 기억하는데. 그 뒤에 어떻게 했는지는 전혀 기억이 안 난다.

신도 선생님을 보고 고개를 저었다.

"저, 감기에 걸린 건가요……?"

"그래. 38.6℃. 콧물이랑 기침은 아직 안 나고…… 목은 아파? 이제부터 더 오를 거야."

"진짭니까……."

평소의 행실이 문제일까…… 이런 재난을 당하는 것도 오랜만이다. 그것도 몇 년 만에 심한 녀석으로. 옛날부터 몸은 강한 편이라고 자부했는데 아닐 때는 아니구나…… 아~, 머리 아파.

"하아. 아침까지는 전혀 그렇지 않았는데……."

"긴장이 풀려서 그런 거 아냐? 차가 튀긴 물을 맞았다고 들었는데, 아마 그게 없었어도 상태가 안 좋아졌을걸?"

"네에······?"

"돌발적인 발열 증상은 상처나 면역력 저하에 의한 자기방어. 면역력은 피로에 의해서도 저하돼. 피곤했던 거 아냐?"

뭐, 다치지는 않았으니······ 어? 나 피곤했었나? 딱히 격한 운동은 안 하는데······.

"몸의 피로가 아니라 정신적인 피로 같은 거야. 의외로 본인이 모르는 경우도 있어. 사회인이 그런 경우가 많지."

"회사 노예······."

"그건 미래 예지야?"

"크헉······."

정신적인 피로······ 이상하네, 짚이는 데가 전혀 없는데 왜 납득이 되는 느낌이 들지. 아아, 이거구나 하면서 납득하는 자신이 있었다. 그렇다면 대체 무엇이 그 '피로'인지 생각해봐도 답은 떠오르지 않았다.

"지금은 자. 덥거나 추우면 말해."

"네······."

졸리지는 않았다. 멍한 머리로 멍하니 천장을 바라봤다. 언제인가 어떤 이유로 링거를 맞았을 때의 감각과 비슷했다. 약품 냄새와 형광등의 불빛. 그리고 벌레가 파먹은 것처럼 불규칙하게 무늬가 그려진 천장······ 저거 빗자루 손잡이 같은 걸로 찌르면 구멍이 쉽게 뚫린단 말이지······.

머리가 텅 비었다는 걸 알 수 있었다. 의식을 어떻게 하느냐에 따라서는 빗소리가 들리지 않게 된다. 두통으로 괴로울 터인데 아무런 생각도 하지 않고 천장을 바라보는 이 시간이 왠지 편안하게 느껴졌다.

◆◇

수업에 집중할 수 없다. 이건 전부 가슴 속이 계속 술렁이기 때문이다.

동요하는 이유는 찾을 필요도 없다. 아는 남학생이 쓰러졌을 때부터 계속 이렇다. 요란한 소리를 내며 쓰러진 채로 일어나지 않았을 때는 깜짝 놀라고 말았다. 얼빠진 소리와 함께 쓰러져서 금방 일어날 줄 알았지만, 아무래도 낌새가 이상해 나도 모르게 당황한 선생님과 함께 달려갔다.

'사죠찌……?! 얘 사죠찌?!'

친한 친구인 아시다 케이와 반의 다른 남학생이 축 늘어져 있는 그를 불렀다. 떨어진 자리에 있는 내가 도착했을 때는 다른 남학생의 부축을 받은 상태로 고개를 숙인 모습밖에 보이지 않아 표정을 살펴볼 수 없었다.

선생님이 부른 몇 명의 남학생이 그를 짊어졌을 때 처음으로 슬쩍 비친 얼굴. 항상 실없이 웃던 얼굴은 새빨갛고 괴롭고 고통스러워 보였다. 그 모습에 이끌리듯이 가슴 속에서 전해지는 고동 하나하나가 크게 부풀어 답답하게 느

껴졌다. 정신을 차리고 보니 멍하니 있었는지 그가 실려
간 뒤에 반 친구가 부르고 있다는 걸 알아차릴 때까지 그
자리에 계속 서 있었다.

(괜찮을까…….)

　마음의 안녕을 바라고 있어서인지 무심코 절친한 친구
인 그녀가 있는 곳으로 시선을 돌리고 있었다. 언제나처럼
괜찮다며 아이콘택트를 해주기를 기대한 것일지도 모른
다. 하지만 그런 그녀도 바로 앞의 텅 비어버린 자리를 왠
지 파랗게 질린 얼굴로 바라보고 있을 뿐이었다.

　수업이 끝나자마자 보건실로 향했다. 절친인 케이도 함
께였다. 노크하고 안으로 들어가니 신도 선생님이 맞이해
주었다. 조금 전에 쓰러진 그에 대해서 이야기하니 이쪽의
의도를 이해해줬는지 증상을 봤을 때 단순한 감기라는 것
을 가르쳐주었다. 그 말을 듣고 안심하여 나도 모르게 안
도의 한숨을 흘리고 말았다.

　"——어머나~, 그건 죄 많은 연출이네."

　그가 쓰러졌을 때의 상황을 설명하자 선생님은 아무렇
지도 않게 감상을 말했다. 그렇게 쉽게 할 만한 이야기인
지 의문을 품은 건 나쁜일까. 어쨌든 그런 태도를 보고 특

별히 중대한 증상이 아니라는 것을 알고 다시금 안심했다. 그래도 고열이 난다는 사실은 틀림없는 것 같았다.

손에 알코올을 뿌리고 마스크를 받아 그가 자는 창가 침대의 커튼 사이로 안쪽에 들어갔다. 평소에 그의 표정이 얼마나 풍부한지 잘 알 수 있었다. 입을 꾹 다물고 자는 표정은 처음 봤다고 느낄 정도로 신선했다. 괴로운 듯한 모습을 보고 그가 늘 보여주던 태평한 태도는 당연한 게 아니었다는 것을 깨달았다.

"돌아가, 이제 수업이 시작될 거야."

"엣, 아———."

선생님이 재촉하여 둘이 나란히 반쯤 쫓겨나듯이 복도에 나왔다. 친구의 걱정스러운 표정이 자신이 품고 있는 기분과 신기할 정도로 똑같은 것처럼 느껴졌다.

동급생인 그. 열에 시달리는 모습을 보고 동생을 걱정하는 것과 같은 마음을 품는 건 실례일까. 아무래도 조금 전의 그의 모습을 떠올릴 때마다 밤에 보채던 때의 아이리를 떠올리고 말았다.

그는 보건실에 있고 바로 옆에는 보건선생님이 붙어있다. 그걸 안 것만으로도 개인적으로는 꽤 진정할 수 있었다. 왜인지는 모르겠지만, 지금 그는 슬픔도 괴로움도 무리하게 스스로 소화하려는 것 같다는 생각이 들었기 때문이다. 그런 그의 상태를 보건선생님이 항상 봐주고 있다면 안심이다.

(다행이다……— 아니, 왜 내가 이렇게 걱정하는 거야!)

마치 가족 중 누군가가 몸져누웠을 때와 같은 느낌이다. 이성인 남자를 상대로 품는 감정이 아니라는 것을 깨달으니 자기도 모르게 얼굴이 빨개졌다. 자신의 마음을 얼버무리듯이 친한 친구에게 말을 거니, 교실에 돌아갈 즈음에는 그녀와 함께 어느 정도 냉정함을 되찾았다.

◇

4교시 수업이 시작되기 전에 교실에 돌아왔다. 보건실에서 얌전히 물러난 이유는 소란스러우면 그를 깨워버릴지도 몰랐기 때문이다. 무엇보다도 당연한 이야기지만 신도 선생님에게 혼난다. 그리고 나에게 옮으면 동생인 아이리에게 영향이 갈까 걱정이다.

다 소화해내지 못한 초조함이 집중력을 흐트러뜨리는 채로 4교시 수업 시간이 지나간다. 둘러보면 평범한 일상처럼 느껴졌지만, 시야 구석에 그저 한 명이 없는 것만으로도 자리가 몇 자리나 빈 것 같다는 생각이 들었다. 정신을 차리니 수업 종료를 알리는 종소리가 울리고 있었다.

자리가 떨어져 있어도 그는 그다…… 좋든 나쁘든 존재감이 큰 그가 없다는 것에는 위화감이 있었다. 모두와 친하게 지내는 절친 주위에 빈자리가 있는 것도 위화감이 느껴졌다. 역시 나에게 있어서 그들은———?

(……자, 잠깐만. 케이라면 몰라도 왜 그 녀석을———.)

문득 냉정하게 생각하고 깨달았다. 이상하다, 나에게 있어서 '그'는 그 정도까지의 존재가 아니었을 터였다. 그동안 이래저래 왕래가 있긴 했지만, 지금까지 일방적인 피해를 받아왔다. 지금도 그 사실에 화를 내고 있었을 터였다. 그런데 대체 왜 이렇게나 그가 머릿속 대부분을 차지하고 있는 걸까.

"와아……! 멋져……."

"……?"

어느 여학생의 중얼거림과 함께 갑자기 교실이 소란스러워지기 시작했다. 평소와 다른 상황이 신경 쓰여서 고개를 드니, 교실 입구에 유명인이 서 있다는 것을 깨달았다.

"여어. 그러니까…… 아시다, 였나."

"에, 예…… 오, 오래간만입니다!"

이름은 분명 시노미야 린. 이 학교의 선도부장이다. 광팬이라는 절친은 그런 그녀를 앞에 두고 일어서서 '차렷' 자세로 대답을 하고 있었다.

위쪽에 묶인 긴 포니테일이 부드럽게 흔들렸다. 같은 여자라도 너무나 씩씩한 행동에 동경하는 마음도 이해될 것 같았다.

(혹시, 와타루한테 볼일⋯⋯?)

그녀가 이 반에 방문한 이유를 생각하니 방금 막 보건실에 실려 간 그의 얼굴이 떠올랐다. 그보다 왜 선배이자 선도부장이기도 한 그녀가 그와 아는 사이인 걸까. 이렇게나 인기가 많은 선배가 대체 그에게 무슨 볼일이 있는 걸까.

"사죠한테 볼일이 있었는데⋯⋯ 지금은 없는 것 같네."

"그, 사, 사실은━━"

등장한 지 10초도 안 되어 여자에게 둘러싸인 그녀. 마치 남자 아이돌 같은 취급을 받고 있다. 내 친구의 반짝이는 시선은 결코 자신에게는 향한 적이 없는 시선이다. 왠지 모르게 그녀에게 그런 끼가 있는 모습을 상상해버렸다.

"흐흐⋯⋯ 아이찌⋯⋯⋯⋯."

"⋯⋯!"

고개를 흔들어 망상을 지웠다.

이건 아니다. 머리 스타일이 보이시하긴 하지만 그래도 그녀가 남자 행세를 하기에는 애교가 너무 많다. 적어도 내 안에서는 의지도 되고 귀여운 존재다. '아이찌'라는 긴장 풀리는 별명으로 부르는 시점부터 무리였다. 행동과 성격이 확실히 여자아이답다. 게다가 '그 선배'를 상대로는 '여자'의 얼굴을 보였다.

절친은 긴장하면서도 보건실에서 자는 그의 사정을 설명하는 듯했다. 선배의 표정이 차차 안 좋아지는 걸 보고 있자니 내 몸이 움찔움찔 떨렸다. 그래도 그와 관련된 일이라면 가만히 있을 수 없다고 생각하여 나도 그런 그녀들 곁으로 다가갔다.

"──그래서 사죠가 쓰러졌다고?"

"네……."

"그럼…… 아마 카에데한테는 전해지지 않았겠군."

'카에데'. 갑자기 나온 이름에 귀동냥이 있어서 잠시 기억을 더듬었다. 사죠 카에데. 그의 누나의 이름이다. 여기에 오기 전에 할 말은 없냐며 물어본 모양이다. 그리고 평범한 대답을 들었겠지. 그래서 동생이 보건실에 실려 갔다는 걸 모른다고 판단한 거다.

"음…… 그 트럭을 특정하고 싶지만…… 지금은 그럴 때가 아니군. 마침 점심시간이 되었으니── 너희 혹시?"

"아, 네…… 보건실에 가려고요."

"나중에 우리도 가지. 너희는 먼저 가."

"아, 네."

몸을 돌려 빠른 걸음으로 떠나가는 그녀. 일거수일투족이 절도 있는 게, 무술에도 정통할 것 같은 분위기가 느껴졌다. 실제로 강할 것이다. 그렇지 않으면 저렇게까지 자신만만한 오라는 낼 수 없다. 내가 보아도 멋있으니 절친인 케이가 팬이 되는 것도 이해할 수 있었다. 저렇게까지 자신만만해질 수 있다면 보이는 풍경이 내가 보는 것과는

다를 것이다.

"케이, 가자."

"네헤."

"케이."

아무튼 친구의 볼은 부드러웠다.

◇

만약을 위해 그의 가방을 가지고 보건실로 향했다. 케이가 '뭐가 들어있을 것 같아?'라며 히죽거리면서 안에 든 것을 보려고 해서 몰수하기로 했다. 빼앗고 보니 경이롭게 가벼웠다. 그가 책을 사물함에 두고 다닌다는 사실을 알아차렸다. 살짝 흔들어보니 안에서는 짤랑짤랑하는 소리가 들렸다. 지갑, 혹은 동전 지갑이라도 들어있는 모양이었다.

"앗…… 아."

툭 하고 어딘가의 틈새로 스마트폰 충전기가 떨어져 자신이 그의 가방을 얼굴 높이까지 들고 있다는 것을 깨달았다. 옆에서 '열래? 열 거야?'라면서 부추겼지만, 정의감이 발동해 완고하게 거절했다. 보건실에 있는 그가 아무리 경박하다고 해도 프라이버시가 있다. 그리고 만약에라도 수상한 책 같은 게 나오면 어떤 표정으로 만나면 된단 말인가.

(그래도 그 녀석도 남자이니…… 아니아니! 무슨 생각하는 거야!)

진정해, 진정해! 하고 자기암시를 걸어 냉정해졌다. 애초에 학교에 그런 걸 가져올 리가 없다──고 믿고 싶다. 무엇보다 지금은 그런 것으로 마음을 어지럽히고 있을 때가 아니다. 옆을 걷는 그녀는 이런 점이 옥에 티다. 진지하게 자신을 꾸짖어줬을 때의 그녀는 어디로 갔나 싶어 한숨을 쉬었다.

"──실례합니다~…… 어라?"

보건실에 들어가자 약품 냄새가 콧구멍을 간질였다. 신도 선생님은 없었고, 정적 속에서 선반 위에 놓인 금붕어 수조가 보글보글 소리를 내고 있었다.

커튼이 없는 유리문 바깥을 보니 아까까지 쏴아쏴아 소리를 내던 빗발은 약해져 있었다. 여기서 보이는 운동장은 물웅덩이투성이가 되어 있어서 도저히 그 위를 걸을 수 있는 상태가 아니었다. 내일 실기 수업은 어떻게 될까, 그런 의문이 떠올랐다.

보건실 안쪽에는 세 개의 침대가 놓여 있다. 그 안쪽, 가장 안쪽에 있는 창가 침대 하나만은 커튼으로 공간이 구분되어 있었다. 말할 것도 없이 거기서 그가 자고 있다는 것을 이해했다.

"사죠찌~……? 일어나 있어~? ……아니, 역시 자겠지."

"응…… 그렇겠지."

커튼 바깥에서 불러도 당연하게도 대답은 없었다. 애초에 이 소리 없는 공간에서 일어나 있을 거라는 생각은 처음부터 하지 않았다. 그걸 알면서도 부르고 마는 것은 분명 그의 무사를 기대하고 있기 때문일 것이다.

그는 상당히 괴롭게 숨을 쉬고 있었다. 아직 쓰러진 지 1시간 조금…… 아직 한 번도 눈을 안 떴을지도 모른다. 컨디션을 회복하지 못한 것은 틀림없었다.

"가방 가져왔어~…… 왓."

"왓……——어?"

옆에서 케이가 작은 목소리로 부르면서 커튼을 살짝 들추더니 조금 놀란 눈치로 한 걸음 물러섰다. 그런 그녀를 받아내고 틈새로 엿보이는 침대로 시선을 돌리고 나도 모르게 눈을 크게 떴다.

병원에 흔히 있는 하얗고 두꺼운 이불. 개인적으로 별로 좋아하지 않는다. 그래도 커튼 너머에서 그는 얌전히 그 이불을 뒤집어쓰고 있었다.

창문 너머, 가랑비가 내리는 바깥을 어렴풋이 살펴보면서.

"사, 사죠찌…… 일어나 있으면 말해."

"…………어어……."

얼굴이 하얗다. 땀은 별로 안 흘리는 것 같았지만, 얌전히 있는 것 치고는 숨결이 거칠었다. 아직 열이 높다는 걸

알 수 있었다. 그런데도 그는 케이의 말을 듣고 가냘프게
대답했다.

가까이에 있는 둥근 의자를 두 개 가져와 침대 옆에 앉
았다.

"⋯⋯잠이 안 들어?"

"⋯⋯⋯⋯⋯."

목소리를 들을 수 있다면 괜찮겠다고 생각하여 일부러
평범하게 물어봤다. 대답을 기다려봤지만, 그는 대답하지
않을 뿐만 아니라, 이쪽을 보려고도 하지 않았다. 창문을
어렴풋이 올려다보는 채로 그저 가만히 있었다. 그래도 잠
시 기다려봤지만 결국 아까 전의 질문에 대답은 하지 않았
고, 그는 그저 가만히 창문에 붙은 무수한 빗방울을 바라
보고 있었다. 몸 상태가 좋지 않다는 것 정도는 이미 알고
있지만 조금 화가 났다.

"많이 아파?"

"⋯⋯⋯⋯그야 그렇지."

"그, 그래⋯⋯."

다른 질문을 던져보니 의외로 제대로 된 대답이 돌아와
조금 놀라고 말았다. 끝내 얼굴은 이쪽으로 돌리지 않았지
만, 대화는 제대로 할 수 있는 모양이었다. 그렇다고 해서
너무 무리하게 대화를 계속할 생각은 없다. 꼭 물어봐야
하는 것만 물어보면 된다.

"······뭐 필요한 거 있어?"

"포카리라면 지금이라도 줄 수 있어."

"············."

필요한 게 없는지 물어봤지만, 대답이 없어 케이와 서로 얼굴을 마주 봤다. 괴로운 것 같지만 차분하다. 차분하지만 괴로운 것 같다. 여유가 있는 건지 없는 건지 알 수 없는 그의 분위기에 위화감을 느꼈다. 내가 감기에 걸려 몸져누웠을 때도 이런 느낌이었는지 기억을 돌이켜 보았다. 고열이 났을 때는 부정적인 색깔의 미궁에 갇힌 듯한 감각에 시달린 기억이 있다.

그런데 그는 그런 것 치고는 개운한 듯한 느낌이 들었다.

"·········미안해······."

"어······?"

"소란스럽게 했어."

와타루답지 않았다. 그리고 기특한 말. 평소 같으면 '그런 걸로 사과할 건 없는데'라며 대답했겠지만, 분위기가 너무 묘해서 웃어넘길 생각이 들지 않았다. 그래, 위화감은 이거다. 평소보다 말투가 약해진 건 이해가 간다. 하지만 지금 그는 열이 나서 몽롱할 텐데, 지리멸렬한 헛소리가 아니라 제대로 된 대답을 돌려주었다. 정말 잠깐 이야기했을 뿐이지만, 분위기가 어딘지 차분한 것처럼 보였다.

"왜 그래? 뭔가 이상한데?"

“……………뭐가.”

“아니, 뭐냐니…….”

나만 그렇게 생각해? 하고 옆으로 시선을 돌리니 그녀도 동의하듯이 고개를 끄덕였다. 아무튼 이야기할 수 있는 정도까지 회복되었다면 다행이라 생각하며 다시 그가 있는 쪽으로 눈을 돌렸다. 그러자 그는 창밖을 올려다보는 채로 오른쪽 입꼬리를 올리며 자조하듯 웃음을 흘렸다.

“하…….”

“……!”

조금 놀란 자신이 있었다. 박복한 여자는 지켜주고 싶다는 생각이 든다는 말을 들었는데 아무래도 그건 남자도 똑같은 모양이다. 무엇보다 평소에 자주 장난을 치는 만큼, 애잔하게 웃는 그는 어딘가 내버려 둘 수 없다는 느낌이 들었다.

“…….”

“…….”

무심코 침묵해버렸다. 억지로 대화할 생각은 없었지만, 그가 뭔가 말해주기를 기대하고 있었다. 나만 그런 걸까? 모처럼 병문안을 왔는데 대화할 여유가 있다면 좀 더 이야기해도 좋을 텐데 하는 욕심이 나도 모르게 솟아올랐다.

(여, 여자애 둘이 병문안을 와줬으니까 좀 더……——아니, 안 돼 안 돼! 상대는 환자야!)

"——으……."

"……! 와, 와타루?!"

"사죠찌?!"

그는 갑자기 얼굴을 찌푸리고 머리부터 몸을 뒤틀었다. 서둘러 몸을 내밀어 상태를 살펴도 이미 베개에 머리를 댄 그에게 우리가 할 수 있는 일은 아무것도 없었다. 이마에 손등을 올리고 한동안 끙끙대더니, 그는 가만히 그 손을 이불 속으로 집어넣었다.

"…………미안, 두통 때문에……."

"더, 더 이상 말 안 해도 돼."

욕심을 부려서일까. 자신을 타일렀다고 생각했는데, 왠지 자신이 그를 괴롭힌 듯한 기분이 들었다. 그는 곧바로 안정을 되찾았지만 아무래도 내버려 둘 수가 없다. 도저히 눈을 뗄 수가 없었다. 지금 여기서 떠나면 뭔가를 놓칠 것만 같아서…….

평소의 그를 알고 있다면, 그가 지금 파랗게 질렸다는 건 금방 알 수 있었다. 고열로 괴로워하고 있다는 것도 숨쉬는 걸 보면 알 수 있었다. 실제로 만지면 뜨거울까. 언뜻 차가워 보이기도 했다. 오히려 차가우면 이상하다. 나도 놀라서 당황한 모양이다. 어째서인지 확신을 가지지 못하고 창문에 붙은 물방울의 그림자가 흩어진 그 피부에 손을 뻗어———

"———만지지 마."

"……왜, 왜 그래?"

손이 피부에 닿기 전에 나온 거절의 말. 예상 밖의 차가운 말에 황급히 손을 뺐지만, 그만 화가 나서 스스로 타이른 마음이 다시 불타올랐다. 아아, 이게 나의 나쁜 버릇이구나 하고 생각한 것도 잠시, 그는 생각할 시간도 주지 않고 말을 이었다.

"둘에게 옮기고 싶지 않아."

"아……."

"아이리도."

"으, 응……."

조심스럽게 이어지는 배려의 말. 올곧고 다정한 말과 사랑하는 동생의 이름을 듣고 나도 모르게 기쁜 마음이 들었다. 쑥스러워서 눈을 돌리니, 옆에 있는 친구가 쭈뼛거려서 동성인 자신이 봐도 어딘가 귀여운 분위기를 내고 있었다. 나와 똑같은 마음인 듯했다.

그리고 뜻밖에도 그는 말을 더 이어나갔다.

"둘을 괴롭게 하고 싶지 않아……."

"무슨———"

"야———"

◇

빠져나왔다. 둘이서.

"———아니아니아니아니?! 저게 뭐야?! 저게 뭐야?!"

"……."

보건실 앞에 우두커니 섰다. 허둥대는 그녀는 목소리의 볼륨을 줄였다고 생각하는 듯했지만, 너무 흥분해서 별 의미가 없는 것처럼 느껴졌다. 그렇게 말한 나도 얼굴이 뜨거워지고 머리는 새하얘져 할 말이 생각나지 않았다.

"그, 뭐랄까…… 약해져 있는 사죠찌는……."

"그, 그런 말 하면 안 돼……… 예의가 없다고 해야 할까……."

아마 그 다정한 마음 씀씀이는 진짜다. 거기에 여유만 있으면 분명 언제나처럼 장난스러운 말투와 표현으로 우리를 멀리했을 것이다. 이번에는 분명 머리에 떠오른 말을 막연한 표현으로 꾸밀 여유가 없었을 것이다.

(어, 어떡하지…… 그럴 생각으로 병문안을 한 게 아닌데…….)

한 번 더 그 침대 곁으로 가서 이야기해보고 싶은 마음이 들었다.

그가 우리와 접촉하지 않으려 하는 것은 알고 있다. 하지만 그 점을 굳이 건드려서 아까 전과 마찬가지로———

"무, 무슨 일이야? 둘 다."

""꺄앗?!""

우리 외에는 아무도 없다고 생각하고 있던 차에 들린 목소리. 깜짝 놀라서 둘이서 새된 비명을 지르고 말았다. 반쯤 서로를 안으면서 목소리의 주인을 보고 보건실에 볼일이 있는 건 우리뿐만이 아니었다는 것을 기억해냈다.

"시, 시노미야 선배, 랑……."

약간 난처하다는 눈으로 이쪽을 보는 선도부장 선배. 그 뒤에서 밝은 갈색 머리를 가진 선배가 머리카락과 호흡을 흩뜨리고 이쪽을 보고 있었다. 사죠 카에데── 그의 누나다. 왜일까, 그를 본 뒤라서 어딘가 어른스러워 보였다.

"아, 아뇨! 마침 두 분을 기다리던 참이라!"

"뭐야, 내가 카에데를 데려올 거라는 걸 알고 있었나?"

"넷?! 아, 네! 그야 당연하죠!"

"케, 케이."

조금 보기 흉한 친구가 더 이상 말하지 못하게 어떻게든 제지했다. 그녀는 평소 비교적 여유가 있는 편이지만 이 둘을 상대로는 면역력이 없는 모양이었다. 그렇게 말하는 나도 입을 다무는 것 말고는 이 자리를 수습할 자신이 없었다.

"…………."

"앗."

냉정함을 되찾기 위해 가만히 있으니 그의 누나가 아무

말도 없이 성큼성큼 걸어 나와 보건실의 문을 열었다. 어떤 설명을 들었을까. 그녀는 어딘지 서두르는 것처럼 보였다.

쓴웃음을 짓는 시노미야 선배와 셋이서 얼굴을 마주 보고는 우리도 그 뒤를 쫓아서 따라갔다. 신기하게도 아까와는 달리 당황하지 않고 다시 그가 있는 곳으로 갈 수 있었다.

"…………얘."

"……."

그는 변함없이 눈을 뜨고 창밖을 올려다보고 있었다. 여전하다고 해야 할까, 아까 전과 마찬가지로 말을 건 직후에는 아무런 반응을 하지 않았다. 그런 모습을 보이는 그에게 누나는 그대로 놓여 있던 둥근 의자에 앉아 팔짱을 끼고 다리를 꼬고 가만히 그를 계속 바라봤다.

"………누나인가."

"그래. 괜찮아?"

"………머리 아파."

"열은?"

"………높은 편."

"바~보."

말을 걸었는데 말투가 너무나 신랄하다. 옆에 있던 케이가 '으에……' 하고 소리를 흘렸다. 표면적으로만 들으면 정말 가혹한 대화다. 아니, 실제 말 그대로의 뜻일지도 모른다. 그런데도, 그런 대화를 보고 어딘가 납득이 되는 듯한 감각을 느꼈다. 이것이 '남매'라고, 묘하게 납득했다.

"부딪친 곳은."

"…………기억 안 나."

그러고 보니, 하고 생각했다. 교실 문을 향해 어깨로 넘어졌으니 이상하게 삐지는 않은 것 같지만, 사실 어떤지는 본인밖에 모른다. '기억 안 나'라는 말은 괜찮다는 뜻으로 받아들여도 괜찮은 걸까. 현재 그의 몸 상태에 대한 말은 별로 신용할 수 없다.

"카에데. 신도 선생님이 진찰했다고 했으니 괜찮을 거다."

"……그래."

"아…….."

볼, 목, 손——— 체온을 확인하듯이 누나는 그를 만졌다. 그에 편승하듯이 시노미야 선배도 '어디어디'라고 말하면서 그의 이마에 손을 댔다. 그는 딱히 아무 말 없이 가만히 그걸 받아들였다.

'——둘에게 옮기고 싶지 않아.'

이 상황에 아까 전의 말을 끼워 맞춘다면 그는 선배들을 소중히 여기지 않는 걸까. 하지만 두 선배가 마음대로 그를 만지는 모습을 보고 있으니, 도무지 '아무래도 상관없다'고 생각하는 것처럼 느껴지지는 않았다.

(우리와는 달리…… 허용하고 있어……?)

"——차가워……."

"!"

부드럽게 얼굴을 풀고 약간 기분 좋은 듯한 반응을 보이는 그. 한순간뿐이지만 '평소의 그'가 돌아온 듯한 느낌이 들었다. 나도 모르게 '왜?'라는 강한 의문이 솟았다.

"뭐야, 더운 거냐."

"……조금………."

"그럼 뭐 차가운 걸 사 오지. 에너지 젤리 같은 게 딱 좋을지도 모르겠군."

"난 엄마한테 전화하고 올게. 이 녀석 어차피 연락 같은 건 안 했을 테니까."

"……."

이야기가 진행됐다. 그가 그렇게 해줬으면 좋겠다고 말한 것도 아니다. 하지만 그 행동은 전혀 잘못된 것처럼 보이지는 않았다.

얼빠진 모습을 보이던 그는 눈을 감고 머리를 베개 정위치에 묻고 있었다. 가만히 보고 있으니 아까 전보다 몸의 힘이 빠진 것 같다는 생각이 들었다. 더 걱정할 필요는 없다고 말하듯이…….

살짝 개운치 않은 마음이 들었다.

9장 ♥ 〈⋯⋯⋯〉 ♥ 생존 확인

컵라면. 그것은 요리하지 못하는 자를 떠받치며 장기보존도 가능한 훌륭한 인스턴트 식품. 밖에 나가는 게 귀찮을 때, '그래, 그게 있었지!'라며 구원받는 기분이 든다.

이 얼마나 획기적인 식품인가⋯⋯ 찬사를 보내지 않을 수가 없다. 네가 없었다면 지금쯤 비싼 콘비프나 SPAM을 먹고 있었을 거야. 아니, 그것도 맛있지만.

"최강이잖아⋯⋯."

치즈 씨푸드라니⋯⋯ 안 그래도 감기에 걸린 절 죽일 생각입니까. 입안이 행복한데, 이게 감기에 효과가 없다는 게 진짜인가? 학교에 갈 수 있는 거 아냐? 어이쿠, 콧물이. 티슈 획, 팽~.

평일 낮——— 기침과 콧물로 몸이 너덜너덜해진 나는 감기라는 대의명분을 얻어 학교를 쉬고 있었다. 두통은 더 이상 없다. 아직 미열은 있지만 찌뿌드드한 느낌은 이미 가셨다.

전원을 켠 게임기에서 휘이이이잉 하는 부드러운 최신형의 소리가 났다. 그리고 뜨는 홈 화면을 보고 몸속에서 끓어오르는 고양감이 또 몸을 뜨겁게 했다. 아아, 몸에 좋은 생활⋯⋯.

191

죄악감을 잊고 나태에 빠져 있으니 내 스마트폰이 뾰롱하고 소리를 냈다. 보니까 알림 화면에 누군가에게서 온 메시지가 표시되어 있었다. 누구냐, 내 스마트폰을 뾰롱하게 만든 녀석은.

[사죠찌, 살아있어~?]

왠지 미안, 아시다.

벌써 점심시간인가. 분명 신경 써서 연락해줬을 것이다. 아니 그래도 말이야, 있는 그대로 대답하는 건 어떻게 생각하나. 환자가 컵라면을 후루룩거리면서 게임을 하는 건 여러 가지를 모독하는 것일지도 모른다. 여기선 일단 어떻게든 환자라는 느낌을 가장하면서 감사의 뜻을 표현하지 않겠나.

[살아있다는 건 멋지구나]

잘못했다는 느낌이 들었다.

답장이 안 온다. 내 답장에 계속해서 늘어가는 읽음 표시 수가——— 어, 읽음? 어머나. 이거 그룹 메시지잖아요! 반 전체가 보는 메시지잖아요!

[안 자고 있구먼]

[유유자적하게 쉬고 있구나]

[수학 완전 위험해서 큰일인데]

이봐, 그만해. 이와타랑 이이호시랑 야마자키. 수학 같은 걸 떠올리게 하지 마. 두통이 재발하잖아.

괜찮아…… 암기 과목이 아닌 수학은 공부를 못 하는 녀석이라도 고득점을 낼 가능성이 있는 기적의 분야다. 유심히 문장을 읽는 과목보다 공부하기 쉽다.

에에잇! 그걸 생각하는 것조차 두통의 원인인데! 지금은 마음과 머리를 비우고 눈앞에 있는 게임 캐릭터의 엉덩이라도 보는 거다! 어이 소년! 좋은 엉덩이를 가지고 있지 않나!

아, 점심 약 먹어야지…….

◆

'……을까~?'

'그렇지만…….'

'――헉……?!'

어떤 소리가 나서 잠이 깼다. 눈앞의 텔레비전 화면에는 'GAME OVER' 문자. 어, 게임오버? 이거 RPG인데요…… 우와, 멋대로 대화가 진행되고 전투가 시작돼서 저항도 못하고 킬 당한 패턴인가. 위험해라, 잤어…… 수행승처럼 앉은 채로 잠들었어. 어이쿠, 침 침.

시계를 보니 저녁 시간을 가리키고 있었다. 점심 지나서 약을 먹고 주스를 마시고 돌아와서 네 번째 마을까지 진행한 기억이 있으니까…… 4시간 반 정도 잔 건가? 덕분에

컨디션은 좋은 것 같다.

"읏, 차…… 응?"

일어나서 엉덩이에 집중된 땀에 불쾌함을 느끼고 있으니, 인터폰 소리가 울렸다. 그 이후로 방 바깥에서는 아무 소리도 들리지 않았다. 어머니는 외출하셨나……? 어쩔 수 없지, 내가 나갈까.

"………어?"

인터폰의 카메라를 확인하니 거기에는 두 여자아이의 모습이. 어떻게 봐도 누나는 아니고, 애초에 자기 집 인터폰을 누르거나 하진 않겠지. 그렇다는 것은…… 어어? 환상인가요? 내 이상이란 이상을 전부 채워 넣은, 여신 같은 아이가 화면 너머에 있는데요…… 왜? 어디, 눌러보자.

"무, 무슨 일이야……?"

'앗━━!'

타이밍이 정말 좋지 않았다. 지금 집에서 등을 돌리려고 한둘을 불러버렸다. 내 목소리가 들렸는지 녀석들은 카메라에 달려와 얼굴을 가까이 대고━━ 후오오오오오오오!! 초근접 엄청나다!! 굉장해 뭐야 이거?! 화면에 키스해도 될까?! 감기 병원균을 발라버릴 거야!!

………마스크 하자.

◆

"잘 왔어."

"잘 왔어———가 아니야!"

"엑."

현관문 앞에서 눈앞에 들이대지는 스마트폰. 보니까 엉망진창이 된 그룹 메시지의 이력이——— 어, 뭐야 이거. 뭐야, 이 진심으로 떠는 듯한 느낌의 반응은.

"뭐가 '살아있다는 건 멋지구나'야! 장난을 칠 거면 치는 대로 장난이라는 느낌을 내고 끝내라고!"

"이야~, 실제로 조금 무서웠어. 그 말 한마디 남기고 반응이 뚝 끊겼잖아, 사죠찌. 감기의 시작이 기절이었던 만큼 다들 굉장했어."

"어어?"

방에 있는 스마트폰을 가지러 가서 확인했다. 메시지 앱을 여니 거기에는 생존을 확인하는 메시지들이. 부재중 전화도 상당히 많았다. 초반에 '어차피 농담이겠지'라는 느낌에서 '설마…… 어? 거짓말이지?'라는 분위기로 변해서 '아니, 큰일 난 거 아냐?'라는 분위기로 변해 있었다. 이거 큰일이네. 뭐가 큰일이냐 하면, 초반에는 평범하게 게임하고 있었던 게 큰일이다.

"'미안, 잤어', 보냈다."

[죽인다]

[그냥 평생 자라]

[너 진짜로 수학 큰일이라고]

"흐에에."

"자업자득이야!"

환자에게 할 만한 것이 못 되는 수많은 말. 이건 무섭다. 2주 정도 학교 쉬면 안 되나요…… 이제 여름방학에 돌입하잖아…….

"정말이지…… 아이찌가 사죠찌네 집을 알아서 다행이야. 그보다 알고 있었구나?"

"따, 딱히 이상한 이유 같은 건 없어…… 전에 야마자키한테 물어봤을 뿐이야!"

"어?! 아이찌가 스스로 조사한 거야?! 왜?!"

"잠깐 볼일이 있었어!"

그건가, 전에 우리 집에 왔을 때인가. 이상한 소문이 퍼질 가능성이 있는데 잘 물어봤네. 역시 여신이야. 그보다 '부활동 하는 녀석'이 야마자키였나.

"음~, 걱정 끼쳤네…… 게다가 옮길지도 모르는데."

"흥~이다, 그때는 사죠찌한테 간병 받을 거다."

"그래, 맡겨두라고. 뭐든지 해주지."

"오호…….'

그래, 뭐든지…… 땀을 흘려서 후끈해진 몸을 닦아주거나 <u>ㅁㅎㅎㅎㅎㅎ</u>── 쿨럭콜록콜록! 큭…… 사념이 내 면역력을 방해한다……! 진정해라, 나의 감기균! 그리고 끓어 오르는 피여! 하복부에서 떨어져!

"………."

"………."

"………응, 어?"

정신을 차리고 보니 나츠카와와 아시다가 굉장히 경계하듯이 이쪽을 보고 있었다. 저기요? 역시 마스크를 해도 환자의 기침은 싫다는 거야? 아, 얼굴? 얼굴이 기분 나빴어? 잘 봐, 기분 나쁜 사람인 척을 해서 평소대로라고. 훌쩍.

"———뭐, 뭐든 해주는 거야……?"

"어?"

어어? 나츠카와? 뭐야 뭐야 그 반문은. 오히려 뭘 하게 해주는 거야? 나츠카와라면 어떤 일이라도 전력으로 착수할 겁니다만? 뭐하면 돈을 내버릴 거라고.

"사, 사죠찌, 아직 몸 상태 안 좋아?"

"아니, 이제 안 나쁘——— 헉?! 아, 아~…… 아직 조금 나른할지도."

"뭐야~ 괜찮은 것 같네. 사죠찌, 심장에 안 좋으니까 뭐든지 한다는 말 같은 건 하지 마."

"뭐…… 어?"

이미 나았다고 말하면 어수선하게 한 걸 혼낼 것 같아서 얼버무리자 시원스러운 표정을 지은 아시다가 상처 되는 말을 했다. 아니, 갑자기 차가운 말 하지 마…… 뭐야 그 최대급의 거절. 내가 하는 간병은 치사 레벨의 불쾌함을 자랑하는 거야? 전혀 자랑스럽지 않지만. 이래 봬도 죽 만드는 것 정도는 쉽게 하는데? 개화해라, 쌀들이여!

"정말, 헷갈리는 말 하지 마!"

"헷갈―― 으응?"

'헷갈려'? 대체 무엇과 착각한 거지? 그렇게 의미심장하게 말한 적이 있었나…… 지금까지 그렇게 경계 당할 만한 일은 없었던 것 같은데.

"마, 만약의 일이 생기면 정말 미안하니까…… 병문안 정도는 간다고. 사과 깎는 건 간단하니까."

"사과는 됐으니까 하겐을."

"환자가 아이스크림 먹으려고 하지 말라고."

"나, 나는…… 대신 아이리랑 놀아주면…….."

"어? 그래도 괜찮아?"

아시다는 모르겠지만, 나츠카와는 전에 우리 집에 왔을 때와 비교하면 태도가 조금 부드러워진 듯한 느낌이 들었다. 뭐, 나뿐만 아니라 주위에도, 라는 주석이 붙지만. 정말 인싸가 되어가는 티가 나는구나, 나츠카와. 날이 갈수록 교실에서 말 걸기가 어려워지고 있고. 점점 거리가 벌어져 살아가는 세상의 차이 같은 무언가가 조금씩 보이기 시작한 듯한…….

"그러고 보니까 병문안 가자고 한 거 아이찌야~."

"자, 잠깐 케이……!"

"……."

쿵. 누가 10초 전의 나에게 싸대기를 날려줘. 도움닫기를 해도 좋아. 한순간이라도 나츠카와의 양심을 의심한 나는 진짜 유죄. 나츠카와가 상냥하다는 건 오래전부터 알고 있는 사실이었다.

"나츠카와…… 역시 여신이야."

"무슨 소릴 하는 거야, 정말……."

"오? 오? 사죠찌는 여전히 아이찌를 좋아하네~."

"……? 어어."

뭔가 위화감. 동료가 어쩌고저쩌고하는 말을 하던 아시다가 그런 이야기를 하다니. 뭐, 나랑 나츠카와에 관한 건 주지의 사실이니 농담거리처럼 된 것도 부정할 순 없지만.

"무…… 무, 무슨 소릴 하는 거야?!"

"어?"

"그, 그러니까……."

"지금 와서 놀라는 거야? 오늘도 귀엽구나, 나츠카와."

"뭣……."

몇 번이나 차인 은혜가 있다고 한다면 부끄러워하지도 않고 당당히 나츠카와에게 '귀엽다'고 말할 수 있다는 점이겠지. 지금 와서 그렇게 생각하고 있다는 게 알려진다고 해도 곤란할 일은 없으니까. 그보다 나츠카와한테 귀엽지 않은 순간 따위는 없고.

"아, 아니………."

"어? 나츠카와?"

"아~ 미안 미안, 나 때문이구나. 사죠찌의 생존 확인도 됐으니 이만 갈까. 자, 병문안으로 사 온 요구르트."

"아, 고마워. 어? 집에 가는 거야?"

"뭐야, 안 갔으면 좋겠어?"

"아니, 진짜로 옮으면 미안하니까 괜찮지만."

어안이 벙벙해진 것도 잠시, 아시다가 '캬~, 무정하구먼~' 하고 아저씨 같은 대사를 말하며 나츠카와의 어깨를 안고 돌아갔다. 아니, 뭐야 그 느낌은? 나츠카와를 데리고 돌아가는 느낌? 이 아빠는 그런 걸 용납하지 않아요!

어? 말도 안 돼, 엣, 잠깐만…… 진짜로 그대로 돌아가 버렸다…….

10장 ♥ ⟨⟩ ♥ 권유 러브콜

여름 감기를 물리치고 나츠카와 컴온의 기개로 부활했지만, 수업에 뒤처진 부분을 따라잡는 건 어깨로 숨을 쉬는 레벨로 고생했다. 수학은 진짜 큰일이네…….

새하얗게 불태운 상태로 혼을 반쯤 입 밖에 내놓고 점심을 맞이하니, 갑자기 엉덩이에 충격이 들어와 재기동했다. 뒤에 앉은 아시다가 내 의자 밑바닥을 찬 모양이다. 야, 깔깔대며 웃지 말라고, 아시다. 네 노트 좀 빌려——— 세다, 당기는 힘이 무척 세다! 왜 그렇게 완고하게 빌려주지 않는 거야?!

시끄럽게 굴어서 가까이에 있는 야구부 빡빡이에게 시끄럽다는 말을 들으니, 문득 점심밥을 사지 않았다는 사실을 깨달았다. 노트를 소중히 품에 안은 아시다를 힐끗 보고 한숨을 한 번, 동전 하나를 한 손에 들고 일어섰다.

교실에서 나올 즈음에는 슈퍼 미니어처 도시락통을 안은 숙녀들이 이미 그룹별로 점심을 먹기 시작하고 있었다. 그 중에서도 큰 그룹은 나츠카와를 둘러싼 반짝반짝 계열의 인싸들——— 나츠카와, 왠지 약간 무슨 교주처럼 보이기 시작했어.

아시다에게 '오늘은 적당히 먹을게'라고 전하고 식당으

로. 구석에 있는 편의점턱한 매점에서 살짝 보기 드문 빵을 쟁취하여 계산을 끝내고 식사하기에 적당한 장소를 찾았다. 역시 이 더럽게 더운 시기에 밖은 싫단 말이지…….

"아, 찾았다!"

"엣."

요즘은 더우니까 식당의 다른 구석으로 피난——— 하려고 했더니 이나토미 동호회(가칭) 분들과 조우했다. 조우라기보다는 눈치 빠르게 발견 당했다. 왠지 정신을 차리고 보니 합석을 하고 있는데…… 아니, 당연히 기분은 나쁘지 않거든? 뭔가 좋은 냄새가 나니까. 하지만 주위의 시선이 말이야…….

"저기…… 무슨 볼일이 있어서 잡아당긴 거죠? 그렇지 않으면 그렇게 관계가 깊은 편은 아니라고 생각하는데요…….

"에~, 그런가아?"

그……렇지 않았나요, 이나토미 선배……?

벽 반대편, 4인석 중 하나에 앉혀졌고 옆이 미타 선배로 막혀서 더는 탈출이 불가능해졌다. 건너편에 앉은 이나토미 선배는 뭐가 즐거운지 생글생글 웃고 있었다. 첫 만남은 복잡한 느낌이었을 텐데…… 이야기를 그렇게 많이 한 것도 아닌데 나한테 왜 이렇게 반짝이는 시선을 보내는 거지?

"왜 이렇게 호감도가 높은 거야……? 너 과금 아이템이라도 쓴 거 아냐?"

"사죠, 치사해."

"너 무슨 뜻인지 모르지."

이나토미 선배의 소꿉친구라고 하는 미타 선배가 부럽고 질투 난다는 듯이 눈을 가늘게 떴다. 시노미야 선배도 편승해서 불평했지만, 얼굴이 '과금 아이템이 뭐지?'라고 말하고 있었다. 그런 걸 현실에서 살 수 있으면 아무리 비싸도 이미 샀겠지. 할부해서라도 샀다.

"린 씨한테 들었어요. 열은 이제 괜찮나요?"

"아아, 이제 괜찮습다."

거의 나았는데도 혹시 몰라 쉬었으니까. 안정을 취하며 게임 했다고요, 헤헤헷.

그건 그렇고 다행이라며 꺅꺅거리는 작은 선배를 보고 당혹감을 숨길 수 없었다. 빨간 리본을 팔랑팔랑 흔들어서 엄청 귀여운데, 난 대체 어떻게 하면 좋지? 납죽 엎드리면 되나? 옆 사람과 대각선 건너편에 있는 사람이 엄청난 표정을 짓고 있는데요. 목숨이 아까우니까 안이하게 웃는 얼굴을 보여주는 건 그만둬 주세요.

"으음! 그래서 널 일부러 잡아당긴 데에는 이유가 있다. 사실은 더 전에 이야기하고 싶었지만, 불행하게도 네가 쓰러져버렸으니 말이야."

"네……."

진지함 모드로 바꿨는지 시노미야 선배는 처음 만났을

때와 같은 선도부장의 오라를 발산하기 시작했다. 한 번에 면접이라도 보는 것 같은 분위기가 됐는데? 그보다 무서워. 한시라도 빨리 여기서 벗어나고 싶은데요?

"단도직입적으로 말하지——— 너, 선도부에 들어오지 않겠나?"

"헤아?"

나도 모르게 이상한 소리가 나왔다. 뜻밖의 제안을 듣고 다른 두 사람을 살펴봤다. 미타 선배는 이나토미 선배를 보고 넋을 잃었고, 당사자인 작은 선배는 어딘가를 보고 있는 것도 아닌데 생글생글 미소 짓고 있었다. 저기 잠깐만요, 흥미 제로야? 나도 그쪽 세상에 가고 싶은데?

"소생은 그러한 그릇이 아니오."

"내 임기는 가을로 종료돼서 선도부의 후계를 맡으려는데 후배 남학생이 모이지 않았어. 여자는 상당수의 견학자가 왔지만 아무래도 놀러 왔다는 느낌이 강했어."

"그래, 게다가 속셈이 보여. 그건 선도부를 지위로밖에 안 보고 있어."

나의 완곡한 거절 메시지는 무시인가. 저기, 적어도 딴지는 걸어줬으면 좋겠는데요. 반응이 좋지 않은 건 괜찮지만 무시당하는 건 견딜 수 없다고요. 미타 선배도 이때다 싶어서 대화에 끼는 거, 치사하지 않나요……. 미니멈 선배, 당신이 기쁜 듯이 이쪽을 보니까 이런 취급을 받는다고요!

그건가, 보아하니 반드시 영입할 생각이군. 아직 입학한 지 겨우 3개월밖에 안 돼서 별로 실감은 안 나지만, 이 학교는 2학기에 이벤트가 줄을 잇는다고 한다. 문화제부터 시작해서 시원해지기 시작하면 체육대회, 이 두 개만으로도 바쁜데 어떤 부활동이나 위원회에 소속된 학생은 더 바빠진다고 한다. 귀찮기도 하고, 게다가 선도부 활동 같은 건 분명 중노동일 것이다.

　"그때, 네 얼굴이 떠올랐다. 카에데의 동생이니 신뢰할 수 있고, 나에게 조언을 해줬을 때처럼 꼭 선도부를 떠받쳐줬으면 좋겠어."

　"하지만 체제가 변하는 건 2학기부터죠?"

　"아아, 그렇지, 그러니 지금부터 생각해뒀으면 좋겠어. 선도부는 널 원해."

　큭, 열렬한 러브콜……! 일찍이 이렇게나 나를 원하는 목소리를 들은 적이 있었던가! 가슴 속 깊은 곳에서 사랑에 굶주린 부분이 '그렇게까지 말한다면……'이라면서 받아들이려 하고 있어! 그, 그렇게 요청해주면 받아들이지 못할 것도…….

　"에헤헷! 잘 부탁해, 사죠 구━━━"

　"으에에에에잇?!"

　"꺅…….."

　귀찮은 일은 싫다는 마음이 지려고 하니, 갑자기 건너편에 있는 이나토미 선배가 몸을 앞으로 내밀며 내 손을 잡았다. 놀라서 나도 모르게 이상한 소리를 지르며 손을 빼 버렸다. 그 직후, 이나코미 선배가 쓴웃음을 지으면서 슬퍼 보이는 눈빛을 보였다.

"사죠…… 이 자식."

"야…… 너."

"히에, 아와와와와——— 앗?!"

"흐에?! 사죠 군……?!"

순식간에 귀신처럼 변한 선배 둘. 너무 무서워서 변명도 하지 않고 이나토미 선배의 손을 다시 잡고 말았다. 양손으로 감싸서 작고 부드러운 감촉이 전해져 오는 순간 불에 기름을 부었다는 사실을 깨달았다.

"앗, 아뇨, 이건……!"

"사, 사죠 군…… 그, 그렇게 억지로………."

"사죠오오오………."

"크오오오——!"

시노미야 선배의 원념이 담긴 듯한 목소리. 미타 선배는 권법의 달인이 되어 내공을 높이기 시작했다. 공기가 짜릿짜릿해지기 시작했다. 어? 세상에, 선도부원은 이런 것도 할 수 있어?

"저, 저기! 저 아직 병이 나은 지 얼마 안 됐는———"

설마 여자 선배 두 명에게 헤드록과 다리 꺾기를 동시에

당하는 날이 올 줄은 몰랐다.

◆

"입 벌어졌어."

"………미인계."

"갑자기 뭐야?!"

약간 남아있는 아픔과 목의 뻣뻣함, 그리고 측두부에 남은 부드러운 감촉에 여운이 남아있었다. 특히 후자는 교실에 돌아와도 좀처럼 사라지지 않았다. 미타 선배…… 저 잊을 수가 없어요. 그 부드러움만으로도 행복이 아픔을 웃돌고 있어요.

몇 분 전에 일어난 일을 돌아보고 있으니 눈앞을 지나가던 나츠카와가 말을 걸었다. 멍하니 있어서인지 무의식적으로 뭔가 이상한 소리를 한 듯한 느낌이 들었다. 엄청 놀란 얼굴로 쳐다봐서 무심코 반할 뻔했다. 이미 반해 있었지.

"미, 미인계라니 무슨 소리야!"

나, 엄청난 말을 했네.

뿜뿜 화내는 나츠카와. 이래 봬도 내가 막 병상에서 일어나서인지 아직 어딘가 약간 염려하듯이 대했다. 겨우 감기인데 호들갑이라고 생각했지만, 겨우 감기인데 호들갑스럽게 쓰러진 내가 그런 말을 해도 설득력이 전혀 없었다. 그리고 부탁이니까 청소할 때 남자인 나한테 '그거 들어줄게'라고 말하지 않았으면 좋겠다. 야마자키가 히죽거리면서 쳐다보고 나도 나대로 멘탈이 박박 갈려 나가니까.

"그, 그거야…… 그만큼 미인이라고 해야 하나?"

"뭐, 뭐야 정말……."

허리에 손을 대고 고개를 홱 돌리는 나츠카와. 참을 수가 없다. '어쩔 수 없다'고 말하는 듯한 그 표정 굿. 하복 차림의 나츠카와를 정면으로 보는 게 처음이라 짧은 소매에서 뻗어 나온 하얀 피부라던가, 엄청 보게 된다. 두근거림이 멈추지 않아. 두근거림? 어머나, 감기인가……?

"너, 그거……."

시선의 도피처가 없어서 수상하게 행동하고 있으니, 나츠카와가 기가 막힌다는 눈치로 자리에 앉아있는 나를 내려다보면서 다가왔다.

"뭐, 뭐야……?"

"너…… 왜 머리의 반이 부스스한 거야?"

"어이쿠……."

부스스해져 있었나. 미타 선배한테 헤드락을 당해서——미타 선배…… 부드러운 감촉…… 흐헤헤…… 이런, 지금 표정만으로 체포당할 자신 있어. 나츠카와에게 보여줄 순 없지. 고치는 김에 고개를 숙여서 얼버무리자.

"아아, 정말. 가만히 있어."

"엉……?"

손을 빗 삼아서 머리를 고치고 있으니 답답한 듯한 나츠카와의 목소리와 함께 머리를 양손 사이에 끼우듯이 잡혔다. 머리카락이 아직 삐쳐 있는지 몇 곳을 쓰다듬듯이 눌렸다. 머릿결까지 정리당하고 마지막에 '좋아'라며 납득한 목소리와 함께 해방되었다.

"자, 다 됐어."

"아, 응…… 그…….."

"왜?"

……어, 뭐야 그 아무렇지도 않다는 듯한 느낌은? 에, 딱히 아무 생각도 없는 거야? 우리는 남자랑 여자잖아? 뭐랄까, 서로 접촉할 때 갈팡질팡하는 나이대 아냐? 그런 느낌이면 매일 부탁해도 괜찮나? 아니, 그럴 리가 없잖아. 나츠카와라고? 그렇게 접촉을 쉽게 허용할 타입이 아닐 것이다. 가드가 단단하지 않으면 오히려 내가 싫은데.

"5,000엔 드리면 되나요."

"필요 없어."

게다가 무료라고……? 그건가. 무의식적으로 저질러버리는 타입의 여자인 건가요. 정말이지 이래서 여자는! 아시다한테 영향을 너무 많이 받았잖아! 무의식적으로 남자를 매혹하는 요물! 오늘은 머리 안 감을 거야 젠장. 이대로 왁스로 고정해주마!

11장 ♥ ‹············› ♥ 문화제 실행위원

　만남이 있으면 헤어짐도 있다. 젊은이는 길러낸 힘을 가슴에 품고 언젠가 다시 만날 날을 위해 불안해하면서도 앞으로 나아간다. 잠깐의 이별—— 그런 울림에 일말의 섭섭함을 느끼며, 나는 가만히 위를 올려다봤다.

『에~, 내일부터 여름방학입니다.』

　내일은 분명 흥분해서 아침에도 일어날 수 없을 것이다. (늦잠)

　여름방학의 도래. 이것은 빅 이벤트. 학원에 다니는 누나를 거들떠보지도 말고 마구 게임하자. 의외일지도 모르겠지만 이런 장기휴가를 제대로 만끽하는 비결은 매일 아침 일찍 일어나는 것이다. 하루하루가 길게 느껴지게 된다. 그렇다고 해서 학교에 가는 평일처럼 일찍 일어나는 게 아니라……대략 8시부터 9시 사이의 시간대에 일어나는 것이 글러 먹은 남자에게 좋다. (※글러 먹은 남자론)

　운동하지 않고 보낸다면 아침과 점심을 합쳐서 브런치로 먹는 것이 좋다. 매일 세끼를 먹고 체중을 유지하는 것이 허락되는 사람은 위하수에 걸린 사람과 운동하는 녀석뿐이다. 무엇보다 '브런치'라는 울림이 멋지다. 좋아.

　머릿속으로 죄 많은 플래티넘 플랜을 짜고 있으니 단상

에 있는 학년 주임의 이야기가 끝났다. 까놓고 말해서 토크가 가장 긴 사람은 교장 아니야? 학생지도라든가 학생주임이라든가, 흔히 있는 불평을 늘어놓고 혼내는 타입의 선생님이다. 녀석들은 전교생을 앞에 두면 아무것도 안 했는데 화를 낸단 말이지. 오히려 교장 선생님은 잘도 마지막에 말하는구나…… 하고 싶은 말을 다른 사람이 전부 해서 말할 내용이 없는 거 아냐? 무리해서 뭔가 좋은 말을 하려고 하지 않아도 괜찮으니까.

교장의 입장이 되어도 겪는 슬픔을 느끼고 있으니 단상에 우리의 학생회장인 유우키 선배가 올라갔다. 주변 여자가 한숨을 쉬는 것만으로도 술렁거리는 것을 알 수 있었다. 여전히 샤프한 얼굴이다. 얼굴이라기보다는 턱이 작다. 게다가 자신이 잘생겼다는 것을 자각하고 있다니. 그런 선배에게도 악동이었던 시기가 있었다고 하는데 왠지 어덜티한 상상밖에 할 수 없었다. 내 얼굴이 저랬으면 분명 성격이 나빠졌을 거야.

『에~, 다음은 학생회의 알림』이라며 MC카마다(※고문 한문 담당)이 진행하자 유우키 선배가 이야기하기 시작했다. 아무래도 2학기부터 하는 이벤트에 관한 이야기인 모양이다.

『문화제 준비를 위해, 실행위원은 여름방학 중 주 3회를 등교해야 합니다. 더 좋은 문화제로 만들기 위해 부디 협

력해 주시기 바랍니다.』

문화제 실행위원······ 귀찮을 것 같은 역할이다. 이뿐만
아니라, 학생은 모두 2학기부터 어떤 위원회에 소속되게
된다고 한다. 그건 2학기 첫날에 정한다고 하는데, 문화제
실행위원 자체는 오늘 정한다고 한다. 메리트는 문화제만
끝나면 학교 일이 면제된다는 점이다. 다른 위원회처럼 계
속할 필요는 없다.

시노미야 선배한테 선도부원이 되라고 적극적인 권유를
받고 있는데 어떡하지. 뭔가를 한다고 해도 귀찮지만, 권
유를 받고 있으니 손을 끌리는 그대로 따라가는 것도 생각
해볼 만하려나······.

뭐, 그때의 기분에 따라서 정할까.

◆

"문화제 실행위원 하고 싶은 사람~!"

담임인 오오츠키 선생님이 애써 밝은 톤으로 물었다. '귀
찮다'. 다들 생각하는 건 똑같은지 그 물음에 아무도 대답
하지 않고 되도록 선생님과 눈을 마주치지 않도록 하고 있
다. 5초 정도 침묵의 시간이 이어졌을 때 선생님은 욱한
표정을 지었다.

"아무도 없으면 내가 임의로 후보자를 추려낼 거야."

""".......!"""

튀듯이 고개를 든 것은 나뿐만이 아닐 것이다. 안 좋은 예감이 들지만 여기서 발언해서 부주의하게 눈에 띌 수는 없다. 왠지 모르겠지만 선생님이 이어서 할 말이 예상되었다.

"네~, 부활동 안 하는 사람 기립!"

쿨럭. 뭐 그렇겠지, 보통은 그렇게 되지. 부활동 하는 녀석은 연습이나 대회 같은 게 있지. 학교뿐만 아니라 한가한 녀석에게 일이 돌아가는 것은 세상의 이치…… 납득하지 않을 수가 없다.

반발은 소용없는 짓이라고 생각하며 천천히 일어서니, 선두에 있는 나를 따라서 옆자리와 다른 자리에서 의자를 끄는 소리가 여럿 들렸다. 살짝 돌아보니 나를 포함해서 일어선 사람은 여섯 명. 나츠카와는 알고 있었는데, 부활동 안 하는 녀석이 이렇게 많은 건 의외였다.

옆은…… 항상 독서에 빠져 있는 이치노세인가. 이야기한 적은 별로 없지만, 뭐 걱정 없다. 문예부가 있었다면 들어갔겠지만, 요즘은 환상의 부 같은 것이니까…… 원망하려면 시대를 원망해라, 소녀여. 고등유민이 허용되는 시대가 아니란 말이다.

다른 모두는 귀찮은 일을 안 해도 괜찮아져서인지 안심하고 있었다. 일부 '헤헷, 걱정 마☆'라고 말하듯이 히죽거리면서 우리를 올려다보는 녀석들에게 울컥☆했다. 너희들 내가 진짜로 에너지파 쓸 수 있게 되면 두고 보자고.

"음~…… 가위바위보 할까~?"

"사죠가 걸려라!"

"야마자키. 야마자키 너, 야마자키!"

투척물은 없나? 육상부는 포환, 안 가지고 있나.

야마자키를 째려보지 않으려고 옆을 보니, 아시다가 마치 있다고 말하는 것처럼 책상 옆에 걸어둔 검은 배구공 주머니를 무릎으로 세게 쳤다. 설마 추천받을 줄은 몰랐는데? 동요를 숨길 수가 없는데. 뭐야, 저질러도 돼? 빌린다?

"오! 사죠가 해주는 거야? 그보다 한가하지!"

"아, 난 감기 나은 지 얼마 안 돼서."

"이미 나았———"

"자! 가위바위보 타임!"

"에엑?!"

안 좋은 예감이 들어 오랜만에 교실에서 큰 소리를 냈다. 이 기회를 놓칠쏘냐. 지금부터 나는 MC사죠…… 급소를 찔리기 전에 이 분위기를 부순다! 문화제 실행위원 따위가 될까 보냐! 느긋하고 즐거운 여름방학이 날 기다리고 있단 말이다! 쿨러가 돌아가는 방에서 나는 고등유민이…… 되겠다!

"요, 요즘 얌전하다 싶었는데……!"

눈에 띄고 싶지 않다고 말할 상황이 아니다. 여기엔 나의 여름방학이 걸려있다. 절대로 분위기 같은 걸로 정하게 둘 순 없다. 공정한 방식으로 정하면 납득할 수 있단 말이다. 현시점에 공정하지 않을지도 모르지만.

귀가부 여섯 명이 교실 앞에 모였다. 가위바위보의 신이시여…… 저에게 힘을……!

"안 진다."

"그렇게 싫으면 적당한 이유를 대지 그랬어……."

"아니 그, 치사하게 하는 건 좀……."

"그런 부분에서는 정직하네……."

"아, 남녀 한 명씩이니까 나눠서 해."

"엣."

나츠카와의 기가 막힌다는 듯한 말에 진지하게 대답하고 있으니 선생님이 폭탄을 날렸다. 나도 모르게 굳어버렸다. 이쪽은 남정네 둘. 이렇게 잔인할 수가.

나츠카와를 포함한 여자 네 명이 나(♂)와 타바타(♂)에게서 떨어졌다. 이치노세는 이런 때에도 책을 놓지 않았다. 참 좋아하네…… 그야 나 같은 녀석이 말을 걸어도 짜증날 뿐이니.

정신을 가다듬고 타바타와 마주 봤다.

"타바타…… 이야기하는 건 몇 개월만일까."

"글쎄……."

타바타—— 평범한 녀석이다. 평범함을 지향하는 나에게 있어서 굉장히 도움이 되지만, 굳이 말하자면 타바타는 평범하기에 손해를 보는 타입이다. '야, 네가 해라'라면서 떠맡기면 수긍하는 예스맨 타입으로 보인다. 나와 타바타가 융합하면 느낌이 괜찮을 것 같다. 절대로 싫지만.

"자 그럼 정정당당하게——"

"빨리하자."

"미안."

펴, 평범……? 어라, 사실은 살짝 뒤틀린 타입? 잘 생각해보면 누군가와 이야기하는 인상이 별로 없을지도 모르겠다. 평범하기보다는 고고하게 점잔 빼는 고독한 타입이군. 혼자인 걸 좋아하는 척하지만, 사실은 사람을 그리워할 것이 틀림없다(※편견). 조금 친한 느낌으로 다가가면 의외로 쉽게 다가갈 수 있을지도 모른다. 예스맨도 전혀 아니고. 그보다 나 좀 너무하네.

마음을 다잡고 가위바위보에 임한다. 들뜬 기분으로 해도 어차피 다들 성가시다는 시선으로 볼 뿐이니 깔끔하게 할까. 간다, 가위, 바위, 보.

"응. 타바타, 그럼 부탁할게."

"…….."

미안하다 타바타. 물러설 수 없는 싸움이었어. 미안하지만 졌으니 얌전히 물러가라고. 소년이여, 한 번 더 하자는 말은 안 통한다고?

"나, 학원 가야 하는데."

"아니, 진 다음에 말하지 말라고……."

당연하게도 뭐 하는 놈인가 하는 생각이 들었다. 반론하자 타바타는 얌전히 물러나 선생님에게 가서 자기로 결정되었다고 말하고 자리로 돌아갔다.

저기, 뭔가 뒷맛이 안 좋으니까 그런 느낌 내는 건 그만하지 않을래? 좀 더 토크를 하자…….

"———그래, 여자는 나츠카와구나."

어머나.

오오츠키 선생님의 목소리가 들려 돌아보니, 다른 여자에게 둘러싸인 나츠카와가 조금 아쉬운 듯이 웃고 있었다. '힘내, 나츠카와'라고 응원받고 고마워 라고 말하는 그런 느낌이 바람직한데, 어떻게 못 하겠냐, 타바타. 아니———저, 저 녀석……! 여자가 나츠카와로 정해져서 조금 좋아하고 있어!

큭, 뭐, 뭐 어쩔 수 없지…… 이번만큼은 내가 이겼으니까 어쩔 수 없어. 지금은 얌전히 있자.

남자는 타바타, 여자는 나츠카와로 문화제 실행위원이 정해져 교사진의 속을 쓰리게 만드는 이벤트는 무사히 종료. 나도 귀찮은 일을 떠맡지 않아 안심한 그때, 녀석은 입을 열었다.

"──타바타, 학원 때문에 힘들다면서? 내가 바꿔줄까?"

사사키. 타바타 근처에 앉아있는 그 녀석이 갑자기 무슨 말을 하는가 싶었더니 자신이 문화제 실행위원을 대신하겠다는 말을 꺼냈다.

사사키의 제안에 타바타는 '으, 응……'이라며 예스로 대답하고 위축된 것처럼 고개를 숙였다. 반의 중심적인 존재에게 허를 찔려 무심코 수긍해버렸다는 느낌이네. 또 그걸로 오오츠키 선생님의 감동한 듯한 시선을 받는 게 화난다.

"어머, 괜찮겠어? 사사키가 해주는 건 고맙지만…… 축구부는 괜찮아?"

"예, 1학년은 레귤러 같은 게 없어서 괜찮아요."

아까 한 가위바위보는 뭐였던 거지? 순식간에 남자 담당은 사사키로 바뀌어버렸다. 이것으로 남자는 사사키, 여자는 나츠카와로 미남과 여신 조합이 된 것이다. 사사키의 너무 대담한 행동에 동요를 감출 수가 없는데. 저 녀석 결단력이 너무 좋잖아.

그보다 무섭다. 나츠카와에 대한 마음을 알고 있는 내가 보면 속이 빤히 보이지만, 다른 모두의 눈에는 '공부하기 바쁜 범생이를 배려해서 대신 귀찮은 일을 떠맡은 미남'으로 보이겠지. 사사키와 타바타의 입장이 반대였다면 분명 '갑자기 나서서 눈에 띄려고 하는 녀석'으로 여겨질 것이다. 이것이 미남과의 차이.

"우와, 사사킹 완전 꽃미남이네."

"호오. 그렇다면 나는 나츠카와의 측근으로서 곁에 붙어 있도록 하지."

"시끄러워, 츠케멘."

"츠케멘?"

그거 매도야? 매도겠지, 눈이 말해주고 있어. 장소가 장소였다면 강력한 스파이크를 맞았을 거라고. 어이 그만둬, 내 얼굴을 보고 꿈이 깼다는 표정 짓지 마. 항상 현실을 보라고.

"타바타, 인사 정도는 하라고."

"어…… 고, 고마워."

"아니, 내가 스스로 말을 꺼냈으니까 신경 안 써, 공부 열심히 해."

"으, 응."

히에에에……….

근처에서 위압감을 주던 야스다가 타바타를 비난하자 타바타는 겁먹은 것처럼 사사키에게 감사 인사를 했다. 거기에 대해 사사키는 곰팡이를 죽이는 듯한 얼굴로 시니컬하게 스마일을 날렸다. 이제 그만해…….

뭐라 형용하기 어려운 이 느낌, 엄청 기분 나쁘다. 가위바위보로 져놓고 떨떠름한 얼굴을 비쳤을 때의 나쁜 인상 같은 건 이미 다 날아갔어. 어느 새부터인가 불쌍하다는 인상밖에 없어. 이제는 무슨 짓을 해도 입장이 나빠질 것 같아. 이런 느낌의 분위기에 몰리는 녀석은 왠지 진학교 쪽이 더 많을 것 같다.

"———정말 싫다."

"어? 츠케멘이 싫어?"

"아니, 츠케멘은 맛있어."

"헹, 알고 있거든~."

에에…… 뭐야 애. 맛있다고 생각하는 B급 음식을 웃긴 조연에 빗대는 데 쓰지 말라고…… 아, B급? 그런 거야? 뭐지? 비유 엄청 능숙하지 않아? 평범하게 인정할만한데.

"잘 부탁해, 나츠카와!"

"응, 잘 부탁해, 사사키."

사사키에게 생글생글 웃으며 대답하는 나츠카와. 그걸 보고 가슴이 쿡쿡 쑤셨다. 이유는 잘 알고 있다. 아이돌의 최애 멤버가 스캔들이 나면 슬프지. 배신당했다는 감정 이전에 '모르는 남자의 것이 된다'는 게 엄청나단 말이지, 아마도. 아이돌에 빠진 적은 없지만. 그런 걸로 해두자.

서서히 새어 나오는 감정에 침착하게 뚜껑을 덮었다. 의외로 냉정하게 있을 수 있고 간단하게 생각을 전환할 수 있을 것 같으니 이참에 없었던 일로 하자. 아이돌이라면 몰라도 돈으로조차 살 수 없는 행복 따위를 기대하는 것만큼 쓸데없는 일이지. 그보다 아직 사사키와 나츠카와가 그렇게 된 것도 아니고. 나츠카와가 행복하다면 오케이입니다.

"에~, 뭔가 엄청 어울리는데, 저 둘……."

"그렇네."

"어?!"

"응?"

평범하게 맞장구를 쳤다고 생각하는데 아시다가 엄청 놀라서 날 향해 뒤돌아봤다. 뭐야 그 반응은? 나도 평범한 감각 정도는 가지고 있는데? 실제로 잘 어울리는 것처럼 보이잖아. 나츠카와랑 사사키.

"사죠찌…… 왜 그렇게 아무렇지도 않을 수 있는 거야?"

"아니…… 뭐 그냥."

"……."

뭐, 아시다가 그렇게 의아한 표정을 짓는 이유를 모르는 건 아니지만. 아시다는 내가 나츠카와에게 접근하는 걸 바로 옆에서 봤으니까. 지금 내가 초조한 반응을 보이지 않는 것도 이상한 건가. 뭐, 일단 마음의 정리를 시작하고 시간이 조금 지났으니까.

그러고 보니 내가 나츠카와에게 구애하던 때에 아시다는 질려 하면서도 재미있다는 듯이 날 응원해주던 타입이었지. 그때는 진심에 진심을 더한 정도로 열성적이었으니. 여러 가지로 눈이 멀어 있었구나…… 지금도 좋아하는 마음은 변하지 않지만.

"그야 저렇게 끽소리도 못할 정도로 어울리면 웃을 수밖에 없잖아."

"패배자……."

"이 자식."

이 녀석…… 담담하게 지껄였어. 진지하게 안쓰러운 녀석을 보는 느낌이 화나…… 좀 더 배려해줘도 좋잖아. 안 그래도 패배자라는 자각이 있어서 대미지가 크다고. 뜨거운 마음을 가두는 건 꽤 힘드니까. 엄청 뜨거운 물만두만큼 위험하다고.

"하아……— 어?"

잘생기지 못한 자의 불우함에 한숨을 쉬고 있으니 시야 구석에서 강렬한 시선이 느껴졌다. 보니까 사사키가 우쭐대는 듯한 얼굴로 이쪽을 보고— 이쪽 보지 마. 이제 알았으니까. 어떠냐고 말하는 것처럼 턱 내밀지 말라고. 오히려 얼굴이 이상해지니까.

너무 노골적이라 오히려 냉정해진다…… 딱히 막으려고 하지 않았는데, 그 대항심은 뭐야. 미남이 보통 남자한테 대항심 활활 불태우지 말라고…… 마음대로 접근하면 되잖아. 왜 굳이 도발하는 거야? 혹시 일부러 내가 의욕을 내게 만들려는 건가? 뭐야 그 완곡한 격려……? 너무 쓸데없는 참견인데.

오히려 진화(鎭火)되어 가는 이 느낌…… 뭘까, 엄청 화가 날 텐데…….

아아 그래, 얀데레 브라콘 여동생이 있는 녀석 중에 나쁜 녀석은 없지. 괜찮은 미래가 안 보이니까 별로 싫지는 않다고. 그도 그럴 것이, 저 녀석은 분명 결혼을 늦게 하는 편일 테니까.

사사키…… 강하게 살아야 한다? 나츠카와에 대해서는 미묘하지만, 그 외에는 응원하고 있으니까. 잘못만은 저지르지 않도록 조심하라고…… 아, 그러고 보니 슬슬 정기보고 해야 하잖아. 늦으면 사사키가 위험해. 동생 자랑을 들어서 설탕을 토할 것 같다고 해서 환심을 사둘까. 누구한테 보고 하냐고? 그야 유키———

◆

"기다리고 있었다고, 사죠."

"아, 오늘은 학원을 가야 하니 죄송함다~."

"잠깐잠깐잠깐……! 넌 학원 안 다니잖아!"

집으로 돌아가려고 신발장으로 향하자 시노미야 선배가 기다리고 있었다. 요즘 무척 자주 보네, 이 사람. 나한테 그렇게 흥미진진한가?

안 좋은 예감밖에 안 들어서 타바타의 흉내를 내면서 인파에 섞여 서두르는 느낌을 내봤더니 '그럴 리가 없다'는 단언을 듣고 팔을 잡혔다. 아니, 내가 학원에 다닐 수도 있는 거 아냐?! 겉모습으로 판단하지 말라고!

"뭐, 경계하는 건 이해하지만 기다려. 딱히 다시 억지로 권유하러 온 게 아니야. 쓸데없는 저항은 그만둬. 오라를 받아라."

"알겠어요. 알겠다고요! 도망 안 가니까 연행해가는 듯한 연출은 그만둬요!"

선도부장인 시노미야 선배가 일개 남학생을 잡는 건 불량 학생을 바로 잡는 것으로밖에 안 보이니까. 전에 학생지도실에 끌려갔을 때도 '에~, 저게 뭐야~?'라는 반응이었다. 그나저나, 단단해⋯⋯! 팔이 꼼짝도 안 하는데요!

결국 포기하고 힘을 빼니 이를 알아차렸는지 선배가 팔을 놓아주었다. 헷갈리는 짓을 했다고 원망스러운 눈으로 쳐다봤다. 이렇게 되면 권유받고 있다는 입장을 이용해서 강하게 나가 주겠어⋯⋯.

"그래서 이번에는 무슨 일인가요."

"아니 뭐, 여름에 감기를 걸리는 연약한 녀석을 단련시켜줘야겠다 싶어서."

이 선도부장은 나에게 싸움을 걸고 있는 건가.

어? 대체 어떻게 해야 '어떠냐, 고맙지?'라는 표정을 지을 수 있는 거야? 정면으로 당당하게 연약한 녀석이라는 말을 듣고 뭐라 대답하면 좋을지 모르겠어. 그보다 단련시킨다는 건 뭐야, 이 사람, 무슨 무술이라도 하고 있나? 근력 트레이닝? 복근 갈라져 있나? 진짜로 갈라져 있을 것 같아서 무서운데요. 어쩔 수 없지. 그 수단을 써야겠다.

"아. 이나토미 선배한테 남자가 들러붙었다."

"뭐라고?!"

너무 유쾌한 거 아냐?

귀찮은 일은 사절이니라. 이 틈에 얼른 신발을 갈아 신고 ──큭……?! 이럴 때만 로퍼에 발이 잘 안 들어가……! 귀찮다고 너무 구겨 신었나……!

"사죠."

"죄송함다."

등살이 축 늘어진 불도그처럼 잡히면 사죄하는 수밖에 없었다. 이건 학생지도실 직행인가? 이나토미 선배의 이름을 꺼내서 속이는 건 긁어 부스럼 만드는 짓에 불과했다. 어차피 난 감기 따위로 기절하는 연약한 놈이야.

"그렇게 부루퉁한 얼굴 하지 마…… 선도부원 일은 빼놓는다고 해도 카에데의 남동생이고 바라던 바는 아니지만 유유가 마음에 들어 하는 후배가 병약하면 잠자리가 편치 않아."

"아니, 딱히 몸이 약한 건…… 아니, 바라던 바가 아니라는 건 대체 무슨 말인가요."

그건가. 이 사람 정도쯤 되면 마음속에 이나토미 선배

의 환영이라도 키우고 있는 건가. 걔는 참 귀엽지…… 선
배인데 '걔'라고 말해버렸어. 그보다 당신, 졸업하면 어떡
할 거야…… 유급할 거야? 유유 선배 의존증으로 미치는
거 아냐?

당연하다고 말하는 듯이 활짝 웃는 시노미야 피고(被告).
진짜 잘생긴 사람은 싫다. 왜 여자인데 이렇게 멋진 거지?
……주위 여자들이 날 째려보고 있는데.

"뭐, 속은 셈 치고 따라와라. 내가 오지랖 부린다고 생각
하면 돼."

"네에……."

이상하다? 또 구속돼버렸네? 그보다 이 느낌은 팔짱을
낀 거 아냐? 왜 이 사람한테 두근거리지 않는지 알았다.
누나랑 같은 카테고리이기 때문이다. 누나와 필적하는 전
투력이 느껴진다. 아니, 오히려 요 몇 년간 누나의 공격력
이 오른 건 이 선배의 훈도였나.

어쩔 거야.

12장 ♥ ⟨⋯⋯⟩ ♥ 마음의 형태

내일부터 여름방학♪ 이제부터 공부만 하는 매일은 잊고 잔뜩 놀아야지♪ 바다에 축제에 불꽃놀이, 여행 같은 것도 가고! 먼저 뭐부터 할까나~ ♪♪♪

"―――그런데 여긴 뭔가요."

"우리 집인데?"

"집…… 저택? 아니 집인가……?"

예를 들어 어떤 집과 비슷하냐고 묻는다면 이소노* 씨의 집에 가깝다. 어느 이소노 씨의 집이냐고 해도 그 이소노 씨의 집이라고밖에 할 수 없다. 새로운 시대가 막을 열었는데 쇼와스러운 창고 같은 게 있을 것 같다. 헤이세이 점프.

그런 것보다, 선배라고는 해도 여고생의 집에 가는 건 좀 더 두근두근한 일 아냐? 나츠카와네 집에 갈 때의 느낌과 정반대인데. 이 시들시들한 느낌은 대체 뭐지? 그보다 어떤 방향에서 엄청난 열기가 전해져 오는데.

"집이긴 하지만 부지가 평범하지 않은 건 확실하네. 저거 봐, 저런 곳에 도장이."

"저런 곳에 도장이 있는데요."

"지금 말했잖아."

―――――
*사자에상에 등장하는 이소노

처음부터 이해해줄 거라 생각하지 않았으면 한다. 앵무새처럼 말을 따라 해서 겨우 존재를 파악했어. 어라라아? 저 건물에서 엄청 굵은 목소리가 잔뜩 나는데? 선배네 집안은 대가족인 거죠?

"잠깐만요, 왜 여름방학 전에 제가 도장 같은 데를."

"아니, 그렇게 빡빡한 건 아니야. 무슨 도장이라고 착각하겠지만, 아니야. 그러니 조금 체험해본다는 감각으로 생각하면 돼."

"........."

뭐야, 그럼 그냥—— 그렇게 될 리가 없잖아! 무술을 안 하는데 도장이라니, 더 수상한데요? 애초에 뭘 체험당하는 거야? 아니, 잠깐, 갑자기 그렇게 문을 열면——!

"실례합니다!"

"어, 실례합, 에, 에엑?!"

입장할 때의 인사 같은 건 사전에 가르쳐둬야 한다고 생각한다. 무엇에 놀랐냐 하면 선배가 자기 앞에 있는 미닫이문이 아니라 내 앞에 있는 문을 열었기 때문이다. 그렇게 목소리를 크게 낼 필요가 있었나? 덕분에 엄청 무서워 보이는 사범대리 같은 할아버지랑 우락부락한 남자들이 일제히 이쪽을 봤는데요?

"핫핫하 사죠. 핫핫하."

"선배. 저, 처음으로 여자한테 손찌검하려고 하고 있어요."

"미안 미안. 처음 데려오는 친구한테는 이 장난을 치고 있어! 유유랑 아야노도 재밌는 표정을 지었지. 특히 유유."

아야노는 누구야…… 아아, 평소의 조합을 기준으로 생각하면 미타 선배인가. 뭐 하는 거야, 이 사람은. 이거 봐요, 저 사범대리 같은 사람도 이쪽을 보고 질렸다는 눈을 하고 있잖아요~, 절 째려보고 있잖아요~, 저기요, 어째서죠~? 사죠, 집에 갈래~.

집에 가게 해줘, 부탁이야.

"저기, 선배? 이야기가 다르잖아요. 엄청 가라테나 유도 선수 같은 사람이 얽히고설키고 있잖아요!"

"천박하게 말하지 마라. 확실히 무술 사범대리도 있지만, 저 사람들은 외부에서 와주신 분들이다. 희망자만이 저들의 특별수련을 받고 있지."

"미, 믿을 수 없어……!"

"믿어라."

스스로 괴로운 길을 고르다니……! 어릴 때 부모가 강제로 시키는 것 이외에 무술 같은 걸 배우기를 선택하는 녀석이 있는 거냐……! 도대체 뭐가 좋아서 철이 든 다음에 고통을 받으러 가는 거냐. 올림픽 선수도 말했다고. 딱히 관심 없었지만 물러서려야 물러설 수 없어서 정점을 노렸다고!

"우리는 무도가 아니라 정신도를 가르치고 있어."

"'정신도'?"

"무도에도 통용되는 이야기인데, 사람은 때와 상황에 따라 상태가 변하기도 하잖아? 실전에 강하다던가 약하다던가."

"아아, 그런 거 있죠."

"정신도란 그 상태 조절을 상황에 가장 알맞게 할 수 있도록 하는 것이다. 스포츠라기보다는 교실이지."

"다시 말해서 공부네요? 싫어요."

"카에데한테 들었다고? 집에서는 게임만 한다고. 화면만 상대해도 강해지지는 않잖아."

"아니 그런——— 잠깐, 잡지 마요! 대체 절 어떻게 하려는 건가요!!"

"게임도 잘하게 된다고!"

"당신, 그거 지금 생각해냈잖아!"

도망치는 걸 넘어서 집으로 돌아가려는 나. 그리고 소매를 꽉 붙잡고 놓치지 않으려는 선도부장. 왜 그렇게 도전적으로 웃는 거야? 정신도인 거지? 그보다 이나토미 선배 앞이면 잘 단련된 것처럼 보여야겠네!

"이거 놔주세옷?!"

갑자기 울리는 죽도의 타격음. 깜짝 놀라 굳는 우리. 이 때라면 분명 빠져나갈 수 있었을 테지만, 너무 움츠러든 나머지 꼼짝도 할 수 없었다. 돌아보고 확인하니, 아까 전의 무서워 보이는 사범대리 같은 할아버지가 죽도를 바닥에 내려친 상태로 나를 노려보고 있었다.

"―――거기 둘, 가깝다."

"넵!"

나는 지금 분명 세상에서 가장 대답을 잘했을 것이다. 시노미야 선배에게서 떨어지기 위해 발을 디뎠는데 죽도를 내리치는 소리와 똑같은 느낌을 자아내고 있었다.

"두 번 다시 접근하지 않겠습니다!"

"야, 사죠."

이봐, 고개를 너무 빳빳이 들었다고 시노미야 선배. 고개 숙여, 진짜로 목이 달아난다고. 저 기백을 봐. 기백만으로도 나와 참새 정도는 쉽게 죽일 수 있을 것 같다고. 어, 나 안 죽었나……? 난 이미, 죽어 있나……? (※생존)

"린, 이 꼬맹이는 누구냐."

"후배인 사죠야. 선도부에 들이려고."

이 자식, 역시 그런 속셈이었냐!! 이상하다고 생각했다고. 갑자기 이런 곳에 데려오고 말이야! 왜 정신을 단련해야 하는지 생각했다고! 그보다 빠르지 않아?! 몇 개월 뒤의 이야기야?!

"호오……? 손녀가 남자를 데려왔나 싶었더니 후배인가."

"아니, 이상한 오해 하지 마! 연약한 정신을 단련시키려고 했을 뿐이니까!"

"?!"

엑! 지금 뭐야. 약간 보통 여고생 같은 말투! 시노미야 선배, 그런 말투로 말할 수 있는 거야?! 밀 수 있어! 밀 수 있다고, 선배! 할아버지 앞에서는 평범한 여자아이로 돌아가는 게 굿!! 지금 그 느낌을 앞으로도————

"너."

"삐이?!"

나는 참새! 지금 무서운 할아버지 앞에 있어! 뭔가 엄청 날카로운 안광으로 노려봐서 기가 죽을 것 같아! 기분은 한 주의 한가운데, 수요일의 샐러리맨! 회사는 마왕성!

"꼬맹이…… 사죠라고 했나."

"아뇨, 야마자키————"

"엉?"

"사죠입니다."

실언했다. 인생에서 경질당할 것 같다. 위험해.

할아버지는 나를 유심히 살펴보더니, 눈빛이 서서히 벌레를 보는 듯한 눈으로 바뀌어 갔다. 어떻게 처음 보는 사람을 그렇게 볼 수 있냐는 생각을 했지만, 무도사라는 이름의 이세계 출신자라고 생각하니 왠지 깔끔하게 납득이 되어서 위업을 이룬 역전의 패자라고 멋대로 생각하기로 했다. 할아버지인 부분이 목부터 윗부분뿐이니 말이야. 팔 근육만 보면 내 쪽이 더 노인이고.

"연약한 놈이군."

"그래서 단련하려고."

"이 녀석이 강해질 수 있을 것 같나?"

"그래서 돌아가려고요."

선배→나 순으로 반론접전. 차라리 이 할아버지가 날 철저하게 싫어하면 좋았을 텐데. 뭔가 그걸 넘어서 위험한 냄새가 나기 시작한 것일지도 모르겠다. 그보다 이 할아버지는 대체 어디를 보고——— 선배가 내 팔을 잡고 있는 부분?

으, 음~ 팔을 잡는 힘을 더 세게 주는 건 좀 그만둡시다, 선배. 쳐다보는 안광에서 빔이 나올 것 같으니까. 접촉, 먼저 그만 접촉합시다. 선도부장으로서 어떻게 생각하나요? 불순이성교제라고요.

"꼬맹아, 린이랑 무슨 관계냐."

"누나가 날라리이고 그 친구입니다."

"아니잖아!"

……어, 아니야?

◆

누나가 선배와 친한 친구이고 내가 그 동생이라고 이야기하자(긴 갈등 끝에), '친구가 적었던 손녀의 친구의 친족에게는 경의를 표해야겠군' 하고 태도를 고쳐주었다. '첫째가 딸이고 둘째가 남자인 집안의 남자는 잡혀 사는 타입이고 약하니까 안전하다'라는 수수께끼의 이론을 들은 나는 이미 마음이 만신창이가 된 상태로 마음을 단련한다는 지극히 금욕적인 단련을 하게 되었다.

"정신도는 현대에 활용할 수 있으며 다양한 상황에서 유리해질 수 있다. 사람들 앞에 설 때, 의논할 때, 프레젠테이션할 때, 불합리하고 싫은 상사와 대치할 때, 대부분은 머리가 새하얗게 되지만 그럴 때 평상심을 유지하는 것이 가능하다."

이 할아버지 이야기에 실감이 담겨있네. 젊은 시절에 무슨 일이 있었던 거야. 이 사람 분명 대기만성 타입이었을 거야.

그래도 뭐, 이야기를 들어보면 득이 있을 것 같네. 당황하지 않게 되다니 최강이잖아. 확실히 듣고 보니 민도(民度)가 엄청 낮은 온라인 게임을 하는 중에도 써먹을 수 있을 법한 정신론이야. 살짝 흥미가 생겼다.

"시노미야 선배는 어느 정도 단련했나요?"

"어릴 때부터 했다고밖에 말할 수가 없구나, 기억나지 않는다."

"그런 것 치고는 이나토미 선배 앞에서는 들떠서———"

"그거랑 이거는 이야기가 다르지, 사죠. 귀여워해야 하는 것은 귀여워하는 거지. 작은 새나 꽃을 보고 무감정하게 진지한 얼굴로 있는 건 재미없잖아?"

작은 새와 꽃과 이나토미 선배. 왠지 시를 쓸 수 있을 것 같다. 적당히 머릿속에서 이나토미 선배에게 읽어달라고 하니 순식간에 혀 짧은 소리가 되어갔다. 이상하다? 모습은 변하지 않았는데 어린 목소리가 잘 어울리는 건 어째서일까? 이나토미 유유 (CV: 이나토미 유유).

"'정신통일'이라는 말이 있다. 불교색도 강하고 사전을 찾아보면 그럴듯한 설명이 적혀있지만, 그런 건 전문가가 급하게 정의를 내린 것에 불과하다. 무수히 존재한다고 생각해라."

"아, 예……."

좌선해라. 그 말을 듣고 앉으려고 했지만, 머리에 떠오른 달인처럼 앉는 건 안 돼서 그냥 양반다리로 앉을 수밖에 없었다. 하지만 그래도 되는 듯했다. 오히려 발끝을 무릎 위에 올리는 것은 발이 고정되어 남이 볼 때 동요를 알아차릴 수 없으니 올바른 방법이 아니라는 말까지 들었다. 아니, 할 생각 따위는 없는데.

아프거나 괴로운 건 없을 것 같으니 눈을 감고 이야기에 귀를 기울였다.

"《관조류(観条流)》는 머리글자대로 '관'의 극의를 추구한다.

타입은 두 갈래로 나누어져 있으며, '정신통일'과 '심두멸각'이 있다."

관……뭐라고? 일본어로 말한 거야? 오히려 너무 일본어스러워서 전혀 이해가 안 됐는데. 영어로 말해주지 않으려나? 난 꽤나 아메리칸이고 보헤미안이니까.

뭐가 뭔지 몰라 당황하고 있으니 시노미야 선배가 그걸 알아차렸는지 보충하듯이 설명해줬다.

"양쪽 다 막대그래프로 상상하면 이해하기 쉬워. '정신통일'이라면 다양한 감정의 정도를 나타내는 울퉁불퉁한 그래프가 전부 평균적으로 조정되어 수평으로 맞춰진다고 생각하면 돼. 그렇게 하면 '분노'나 '슬픔' 같은 부정적인 감정이 올라오지 않느냐고 생각할지도 모르지만, 묘하게도 상반되는 감정과 서로 상쇄해."

응? 아, 그러니까…… 그렇군요, 정말 대단함다. 진짜 장난 아니네요. 나 완전 쿨하다. 그걸 극한까지 단련해서 이제부터 날라리 같은 여자도 쉽게 상대할 거니까. 그런고로 잘 부탁드림다.

아니아니…… 저기요? 모처럼 설명해주셨는데 전혀 못 따라가겠어요. 그래프? 부정적인 뭐라고? 뭐야 이거, 감기 나았을 때 듣는 수학 수업이야? 하는 동안에 A나 B나 X 같은 게 나오지는 않겠지…….

"반대로 '심두멸각'은 모든 감정을 무로 돌리는 것이다.

아까 말한 막대그래프로 비유한다면 모든 것이 제로인 상태에 있다고 생각해. 참고로 말하는 건데 이쪽의 자질은 무사의 시대에는 위험하게 여겨졌어. 사람을 죽이는 것에 대한 의식이 낮았던 시대에는 너무 위험한 자질이라고 여겨졌기 때문이지. 평화로운 요즘 시대이기에 허용되는 초인적인 자질이야."

응?! 지금 갑자기 뭔가 뒤숭숭한 말 하지 않았어요?! 죽인다던가 뭐라던가……. 전 지금부터 무엇을 배우게 되는 걸까요! 뒤숭숭하거나 그런 거는…… 안 된다고요? 그 왜 전 러브&피스니까요. 하얀 비둘기와 뉴욕 사랑해요. 비둘기 사브레 먹고 싶다.

"우선 오늘은 네놈의 자질이 어느 쪽인지를 봐주지. 쓸데없는 건 생각하지 않아도 좋으니 명상해서 마음을 '무'로 만드는 것만을 생각해라. 정의 따위는 아무래도 좋다. 네놈 나름의 '무'를 보여봐라."

"예? 예?"

"뭘 멍하니 있나! 마음을 '무'로 만들라고 했다!"

히잉.

옆을 죽도로 내려쳤다. 너무 놀라서 한심한 소리가 나와버렸지만 어떻게든 서둘러서 적당한 자세를 잡은 척을 하고 눈을 감고 마음을 비우기로 했다.

스윽…… 하고 잠들어가는 머릿속. 여름방학의 계획이

떠올랐다. '계획'이라고 말해보긴 했지만 대단한 내용은 아니다. 실컷 게임을 한다던가, 실컷 잔다던가, 아르바이트 같은 걸 한다거나. 그래, 용돈을 어떻게든 짜내지 않으면 신작 게임을 못 산다고. 역시 아르바이트해야 하나……

　……에, 아니 잠깐만? 마음을 비우는 건 어떻게 하는 거지? 선뜻 그런 말을 들었지만 내 나름의 방식 같은 건 아무것도 없는데요. 음, 으으~음…… 음~―――.

　'……………와타루………'

　부롸아아아아아아아아아악?!!!

　어째서?! 어째서 이럴 때만 엄청 에로하고 애처로운 나츠카와 망상이 튀어나오는 거지?! 사춘기가 갑자기 튀어나오는데?! 그보다 내 사춘기는 끝난 게 아니었나! 착침――아니, 침착해라 나!! 이럴 때야말로 평소에 생각하는 바보 같은 생각을 하면 된다고! 진정해라, 나의 작고 보잘것없는 ○○!!

　위험해 위험해! 집중력이 전혀 없어! 제대로 해야 한다고 생각하면 할수록 이상한 생각을 해버려! 가슴 속으로만 하면 몰라도 표정에 드러내면 완전히 끝이야, 이건. 하아…… 집중집중.

'…………카에데.'

'…………하야토.'

꺄아아아아아아아아아아악?!!!

왜 누나랑 유우키 선배의 젖은——— 크헉?! 메스꺼워!
자기 누나로 그런 망상 하는 거 메스꺼워! 아니아니, 왜 이
런 망상을 하는 거지?! 생각하고 싶지 않은데 생각해버리는
이건 뭐지?! 난 뭐지?! 사죠 와타루는 뭐지?! 미남인가?!

"흠…… 어이, 눈을 떠라."

"헷? ……?!!"

"~~웃!~~~……."

대단히 불만스럽다는 듯이 명령을 받았다 싶었는데 눈
앞에 엄청 동요한 듯한 시노미야 선배의 얼굴이 있었다.
너무 충격이라 목소리가 나오지 않았고 왜인지 그 눈을 가
만히 쳐다봤다.

어……? 그보다 왜 이렇게 가까이에? 코끝이 닿을 것 같
은데. 수행의 일종 같은 건가……? 나보다 시노미야 선배
가 더 덜덜 떨고 있는데.

그래, 이거야! 이런 식으로 적당한 나이의 남녀는 눈을
마주치는 것만으로도 당황하는 법이라고! 대체 뭐냐고, 나
츠카와의 그 헤어 터치는! 새콤달콤한 맛이 너무 없어서
무심코 아무렇지도 않게 머리 손질받았다고! 미움받는 게

아니라는 걸 안 만큼 뭔가 좀 그렇잖아. 앞으로 난 어떻게 대하면 되는 거지……?!

———아, 여름방학이잖아. 당분간 안 만나도 된다. 다행이다 다행이야……… 쓸쓸해.

"사, 사죠……?! 왜 울 것 같은 표정을 지은 거야?!"

"그렇구나…… 한 달 이상 안 만나는 거구나…….."

"무슨 이야기야?! 나인가?! 내 얘기를 하는 건가?!"

작년에는 어떻게 했었지? 나츠카와가 스마트폰을 가지고 있지 않았으니…… 아아 그렇지, 저녁에 장 보러 나가는 사이클을 발견해서 잠복했었나. 어라, 이거 끝장난 거아냐? 스토커잖…… 어라라? 어째서인지 짐이 엄청나게 무거웠다는 기억이 돌아왔는데? 왜 내가 짐을 들고 있는 거지? 팔이 엄청 후들거려서 아팠다는 걸 기억해냈다.

나츠카와 아이카……… 아아, 머릿속의 망상도 역시 귀여워. 현실과 이상의 차이가 없다는 건 대단하지 않아? 마음에 쏙 든다고. 이 이상의 운명이 있을까?

———아아…….

갑자기 늦봄의 기억이 떠오른다. 거울에 비치는 얄팍하게 꾸며낸 표정과 발악하는 듯한 갈색 머리와 헤어스타일. 매칭이 너무나도 애매해 못생겼다거나 잘생겼다는 것 이전에 묘한 불쾌함이 솟았다는 걸 떠올렸다. 왜 이렇게 노력해도 의미 없는 짓을 하고 있냐며…… 의문만이 떠올랐었나?

그래, 내가 아니야. 내가 아니었어. 골을 봐라, 자, 거기에는 나츠카와는커녕—— 아아, 그래, 질리도록 생각했잖아. 애써서 옆에 섰다고 하더라도 어떻게든 여러 녀석을 쫓아가기만 할 뿐이잖아. 지치기만 하고 괴롭잖아…….

"———이———죠!!"

그렇기에 원하는 거지…… 더럽게 평범한, 똑같은 일만 반복되는 편안한 일상이…….

"———어이! 사죠!"

"뉴베앗?!"

갑자기 강하게 흔들려서 입 안에서 혀가 날뛰어 이상한 소리가 났다.

"뭔가요?! 적의 습격인가요—— 어, 어라?"

이상한 소리를 해버렸다. 완전히 FPS 중독이네요.

"뭔가요?가 아냐! 눈이 공허해졌었다고!"

"어, 어라…… 그 말은 설마 해낸 게……?"

"《관조류》는 그런 음침한 게 아냐!"

"음침……."

'눈이 공허하다'. 그 말만으로도 중2병의 혼을 간질이는 것을 조금 느꼈지만, 얼굴이 반듯한 여자에게 음침하다는 말을 듣는 건 대미지가 크다. 평범하게 쇼크. 조금 전에 지은 귀여운 표정을 한 번 더 지어줄 수 있나요.

"참…… 무엇을 생각한 거냐 넌."

"뭐긴요, 마음을 '무'로 만들어서———"

"마음을 '무'로 만드는 일 따위는 불가능하다, 꼬맹아."

"……예?"

옆에서 참견하는 할아버지. 무슨 말을 하는가 싶었더니 모순되는 말을 했다.

뭐야…… 그럼 명상은 왜 한 거야? 필사적으로 쓸데없는 걸 생각해버렸는데. 거의 사념이었어. 무리라는 걸 알았으면 적어도 신비한 걸 생각할 걸 그랬다.

"생각하는 생물인 인간이 아무 생각도 없이 있을 수 있을 리가 없지 않느냐. 지금 건 '마음을 무로 만들어라'라는 말을 듣고 무엇을 생각하는지 아는 것이 핵심이었다."

"거의 사념이었어요."

"린 때문인가."

"아뇨, 전혀."

"어째서냐?!"

아니 그 왜, 역시 나츠카와와 만나고 있는 나로서는 심쿵하는 건 나츠카와밖에 없다고나 할까, 아까 전의 시노미야 선배도 조금 귀여웠지만 귀여운 것만으로 심쿵하지는 않았다고나 할까…….

"'심두멸각'형이군."

"어, 저, 초인적인 건가요?"

"린이 그렇게 말했을 뿐이지 그 정도까지는 아니야. 보통 '명상'이라는 말을 들으면 신성함을 느끼니 '심두멸각'형은 희귀하지. 그런데 네놈은 거짓말까지 하면서 부정적인 생각을 해댔고…… 요즘 젊은 놈들은."

어, 혼나고 있는 건가? 심두멸각형이면 그건 그거대로 좋은 거 아냐? 마음을 제로로 만들 수 있다던가 뭐라던가 해서 지금은 오히려 가슴이 두근거리는데. 뭐야, 혹시 현대에도 금지될만한 수준의 재능이 있다던가? 그보다 거짓말이라니…… 확실히 마지막은 그랬을지도 모르겠지만.

"'심두멸각'형…… 상황에 맞춰 자기 안에서 청산하는 힘이 중요하다. 네놈은 청산하려고 하지도 않고 내던졌구나, 미숙한 놈."

"……!"

"잠깐, 할아버님…… 전 그런 설교를 들려주기 위해 그를 데려온 게——"

"아아, 아니에요. 괜찮아요, 선배."

'내던지다' ……틀리진 않았다. 실제로 내던진 부분도 있으니까. 그런 건 전부터 알고 있었다. 열등감을 가지고 있는 건 확실하지만, 그렇다고 비뚤어져서 화풀이하는 것보다는 나에게 어울리는 입장에 서서 어울리는 행동을 하는 편이 훨씬 좋겠지. 향상심이 없는 건 맞을지도 모르지만, 더 괴로운 곳을 향해 가는 것에 무슨 장점이 있는 거지. 그렇게 해서 월급이 올라가면 얘기가 달라지지만.

"참고로 '정신통일'형의 기준은……?"

"'자신을 자신 바깥에 두는 힘'…… 객관적인 사고가 중요하다고 할 수 있다. 이 현실을 책으로 치환해서 독자나 필자가 될 수 있다면 더욱 좋지."

"나, 나는 사쵸가 정신통일형인 줄 알았는데……."

"어떤 근거가 있었다고 해도, 그때의 이 녀석은 '당사자'였나?"

"아……."

시노미야 선배와 이나토미 선배를 처음 만났을 때의 이야기인가? 확실히 그때는 당사자가 아니었지. 사고방식이 이렇다 저렇다 하는 게 아니라, 실제로 난 옆에서 다른 사람의 일을 보듯이 말참견했을 뿐이니.

……그렇군. 아까의 망상에서 난 등장인물 중 한 명이었으니, 나는 '정신통일'형이 아니다. 확실히 방관하는 입장에 있다면 다른 사람 일이니, 눈이 공허해지거나 하지는 않을 것 같다. 정신도…… 잘 만들어져 있어. 어, 그럼 누나가 나온 그건? 아니다, 잊자.

꿈 같은 게 좋은 판단 재료인가……? 옆에서 바라보기만 하는 꿈인가, 자기 자신으로서 지내는 꿈도 있지. 확실히 별로 기억나지는 않지만, 그런 말을 들으니 자기 자신으로서 지내는 꿈이 많은 듯한 느낌이 들기 시작했다.

◆

　선언대로 나의 사고방식(?)을 알아낸 시점에 겨우 해방
되었다. 왠지 모르게 자신에게 명료하지 않은 부분이 있었
으니 그 부분을 파고들 좋은 기회였다고 생각한다. 그리고
마음을 정리하는 법——— 자신을 자신으로서 생각할 뿐
이었지만, 그 외에도 다른 방식도 있다는 걸 배워 공부가
되긴 했다.

　다만 힘이 빠지는 일은 '공부가 되었습니다' 하고 인사하
자 선배의 할아버지가 두 번 다시 오지 말라고 말하는 듯
한 매서운 눈으로 바라봤다는 것이다. 애초에 젊은이랑 마
음이 안 맞는 기질을 가지고 있는 듯한 느낌이 드는데. 시
노미야 선배는 따로 치더라도.

　"이야, 그거네요. 선배."

　"! 뭐, 뭐냐, 사죠."

　"저에게 선도부원 자리는 부담이 클 것 같아요."

　"그, 그건……."

　다양한 사고방식을 알고 그걸 수단으로 이용할 수는 있
어도 자연스럽게 그 사고방식을 쓸 수 있을 것 같지 않았
다. 선도부장 시노미야 선배의 기풍의 토대가 된 게 저 할
아버지라면, 그 할아버지에게 미숙한 놈이라 불린 나는,

분위기나 인간 관계상 선도부원 자리에 어울리지 않을 것 같다. 이나토미 선배나 미타 선배도 다닌 경험이 있다면 더더욱 그럴 것이다.

"그럼 2학기 되면 언젠가 또 봐요."

"아……."

시노미야 선배와 헤어져 정문을 나서—— 아니, '정문'이 뭐지? 보통 집의 문을 그런 식으로 불렀던가? 정말이지 무슨 공공시설에 와 있는 기분이야.

특별히 어떤 심경의 변화가 있었던 것도 아니다. 그래도 어딘가 머릿속에는 까불던 시절의 그리움이 있었고, 그 시절의 바보 같은 나날이 미친 듯이 반복하여 재생되고 있었다.

13장 ♥ ┊┈┈┈┈┈┈┈┈┈┈┈┈┈┊ ♥ 제2의 권유

　여름방학에는 틀어박혀서 느긋하게 게임에 열중한다──
그것을 이상으로 삼고 있었지만, 앞으로도 적당히 내 생활
을 풍부하게 만들기 위해 필요한 것이 있다.

　그렇다, 바로 자금이다. 이렇게 말하면 뭔가 큰 단위의
금액을 변통하는 느낌이 들어 조금 멋있다. 무엇을 숨기
랴, 이 장기휴가를 이용하여 사회 경험을 쌓을 생각이다
(※완전 표면적 이유). 그보다 이미 출근 첫날이다.

　"진짜로 괜찮나? 시급이 높은 것도 아닌데."

　"아뇨, 충분합니다. 용돈이 남아도는 걸 원하는 게 아니라서."

　찾고 찾아서 발견한 것이 이 심하게 파리 날리고 진짜로
최저임금을 주는 헌책방. 불만은 없지만, 굳이 말하자면
고가도로 아래쪽에 가까워서 자동차 소리가 시끄럽다는
것 정도일까. 개인 경영이고, 사실상 완전히 점주인 할아
버지의 취미였다. 시급이 낮은 만큼 일이 정말로 편한 것
이 세일즈 포인트. 무엇보다 거칠고 난폭한 손님 같은 건
애초에 헌책방에 오지 않는다.

　"매입 감정에 가격표 스티커, 재고 정리는 내가 할 테니
까 책 정리와 접객을 부탁하지."

　"오히려 그것만 해도 괜찮나요?"

"접객해주면 신이니까."

'신'을 사용하는 방법이 젊네, 이 할아버지. 보아하니 어딘가에 라노벨이 있겠군……? 정리는 맡겨둬라, 나의 잡무능력이 불을 뿜는다! 아, 불 뿜으면 안 되지…….

이런 일은 입학 전 봄방학에 편의점 알바로 이미 경험했다. 게다가 이건 누나에게도 들키지 않은 암흑시대. 비교적 격무라서 힘들었던 기억이 있다. 두 번 다시 안 할 것이다. 특히 레그 씨라고 하는 외국인 동료에게 일본어를 가르치는 게 지루했다. 왜 채용한 거야…….

그에 비해 이 헌책방을 봐라. 책 취급만 조심스럽게 하면 손님도 가능한 한 말 하고 싶어 하지 않는 부류뿐이다. 헌책을 읽는 날라리나 양아치는 판타지니까, 진짜로.

"엉~? 여기 담배 안 팔아~?"

"아, 여긴 그냥 헌책방이에요~."

아~ 역시 이런 일도 있는 건가. 휴식에 들어가면 '담배는 판매하지 않습니다'라고 안내문을 써서 입구에라도 붙여둘까. ……헌책방에? 바탕체 같은 글씨체로 쓰는 편이 좋으려나…… 누레진 용지에 붓펜 같은 걸 써서.

업무 중에는 책 정리만 해서 계산대는 거의 텅텅 비어있다. 텅~텅~…… 한가해지니 머릿속이 썩어가네. 업무 모드 스위치가 켜져 있을 때 한가해지면 오히려 힘들다고.

"점장님, 책 정리 끝났슴다~."

"저, 정말이냐……? 정말이네…… 자네를 뽑은 게 정답이었어."

"어, 다른 사람도 있었나요?"

"온 얼굴에 피어스를 하고 금발에——"

"아, 알겠어요, 괜찮아요. 마음속을 짐작할게요."

"미안하구먼…….."

대하기 쉽다. 상대하기 쉽다고 이 할아버지. 어느 도장의 사범대리와는 전혀 달라. 죽도도 안 들고 있고. 쇼와에서 탈출했다는 느낌이 들어. 웰컴 투 헤이세이—— 끝났잖아! 빨리 탈출해야겠어. 따라올 수 있겠나, 할아버지……!

"한 명이 있는 것만으로도 이렇게 다를 줄이야. 자네 요령이 좋은 것도 있겠지만."

"편의점 아르바이트를 했었으니까요. 이 정도는 금방이죠. 오히려 손이 비는 게 초조해요."

"좋구먼, 좋아. 오늘은 퇴근해도 된다. 젊은이의 시간을 빼앗는 취미는 없어."

"네? 하지만 아직 3시간———"

"5시간으로 제대로 달아둘 테니까 안심하거라. 이미 평소 업무의 8할이 끝났어."

뭐야 여기, 최고잖아. 그래도 괜찮은 거냐. 여기 뭐야. 다 쓰러져 가는 가게에서 편하게 일하려고 들어왔는데, 애착이 마구 생길 것 같잖아. 큰일이다, 어떡하지. 죽을 만큼 바탕체인 안내문을 만들어주지, 잘 보라고 할아버지.

◆

"11시……라고?"

차가 달리는 소리가 울리는 고가도로 아래. 거기서 고기만두를 한입 가득 먹는 고등학생, 나. 아직 오전이라고? 도저히 아르바이트를 끝낸 시간이라고는 생각할 수가 없는데? 까딱하면 이 시간에 어딘가의 가게의 표찰이 'OPEN'으로 바뀌는 시간 아닌가. 진짜로? 진짜 이러고 돈을 받아도 되는 거야? 벌 안 받아?

"웃기지 말라고 이 자식아!!"

엑? 실시간으로 벌 받는 거야? 실화냐고 할아버지, 설마 바탕체가 마음에 안 들었어? 테이블에 잉크 조금 번진 거들켰나…… 그야 벌 받겠지.

아니, 농담 아니고 뭔가 위험하지 않아? 어떡하지. 인기척 없는 곳이니 여고생 같은 사람이 시비 걸린 건가? 알아차리지 못하고 바로 근처까지 다가갔으니 떠나는 내 등을 아마 못 보겠지.

"……어라?"

저거 작다, 작네. 부활동에 가는 중인 중학생이 초등학생 남자를 괴롭히는 건가. 잘 생각해보면 이 주변은 반대

편이 오피스 거리인 만큼 치안은 좋은 편이지. 고등학교도 우리 학교밖에 없고. 뭔가 김이 샜다고 해야 하나.

그러면—— 뭐, 괜찮나.

"어이, 그만해 인마."

"——켁, 고등학생?!"

왜인지는 나도 잘 모르겠는데, 정신을 차리고 보니 아무 생각도 없이 중학생들 앞에 나와 있었다. 진짜로 아무 생각도 안 했는데, 난 뭐 하는 거냐…… 하지만 알 수 없는 자신감이 있다. 신기하다. 상대가 보기에 중학생이라 그런 걸까……? 고등학교에 올라가서 건방지게 된 건가?

"넌 뭐야? 죽고 싶냐!!!"

"아~ 오케이 오케이, 그냥 때려. 아아, 너 괜찮아……?"

"뭐…… 뭐야, 너."

"다친 데는 없어? 밀쳐지기만 한 건가. 다행이다 다행이야. 설 수 있겠어?"

변성기도 덜 온 목소리로 위협당해봐야 별로 안 무섭네.

훌쩍훌쩍 우는 초등학생을 세워서 다친 곳이 없는지 봤다. 아픈 곳이 없는지 물어보니 확실하게 고개를 끄덕였다. 가까이에 내던져진 가방은 흠집 하나 없었다. 란도셀 같은 거였으면 일상적인 괴롭힘인지 판단하기 쉬운데. 초등학생도 이제 여름방학인가.

뭐라고 떠드는 중학생들을 무시하고 남자아이를 봐주고

있으니 중학생들은 투덜거리면서 자기들 가방을 가지고 떠나갔다. 멀리서 욕이 들린다. 저놈이……

마음을 다잡고 가능한 한 온화한—— 뭔가 성실한 어른 같은 톤으로 물어봤다.

"이름, 말할 수 있어?"

"사, 사사키——"

서, 설마……

"사사키 코우타."

아, 명찰이 있었네——— '사사키 코우타(笹木光太)*'인가. 뭐랄까, 엄청 안심된다. 만약 이름이 그 녀석과 겹쳤으면 앞으로의 대응이 조금 바뀌었을지도 모른다. 유키는…… 남동생이 있었으면 어떤 성격이 되었을까. 잘 모르겠지만 그 남동생은 조숙할 것 같은 느낌이 든다.

"그렇구나…… 가족과 연락할 수 있는 수단은 있어?"

"응…….."

왼쪽 가슴의 명찰을 잡는 사사키 코우타. 잠깐 미안, 이라고 말하며 코우타의 명찰을 뒤집으니, 거기에는 긴급연락처라고 적힌 종이가 끼워져 있었다. 그렇군, 그래서 여름방학이 되어도 달고 있었나. 오히려 위험한 느낌이 들긴 하지만……. 뭐 됐어, 이런 경우에는 섣불리 데리고 다니는 게 더 위험하다. 고가도로 아래면 최악의 상황이니, 얼

---

*와타루의 친구인 사사키의 성은 佐々木로 성이 다르다

른 전화하자.

"아, 사사키 씨 댁인가요? 실은———"

◆

편의점에서 물휴지를 사서 노인들이 햇볕을 쬐는 광장에서 가방을 닦고 있으니, 누가 봐도 당황한 듯한 여성이 파닥거리며 달려왔다.

먼저 눈에 들어온 것은 펄럭이는 롱스커트. 여대생을 연상케 하는 세련된 용모에 기분이 들떴다. 엄청 누님 같은 사람이 나타났다. 이건 새우로 도미를 낚은 패턴——— 어이쿠, 이게 아니지.

잠깐 주위를 두리번거리고 내 옆에 서 있는 코우타를 발견하니 이름을 부르면서 종종걸음으로 이쪽으로 왔다. 코우타도 '누나!'라고 부르며 안기러 갔다.

"코우……! 다행이다…… 다친 데는 없어?"

"응, 괜찮아 누나!"

초등학교 도덕 교과서에 실릴 것 같은 그림이네. 교육 방송 채널에서 드라마로 만들면 있을 법한 광경이지만, 이런 흔한 재회 신이라도 직접 보면 무심코 '오오……' 하는 감탄을 흘리고 만다. 할 수 있으면 그냥 제삼자의 시선으로 바라보고 싶었는데, 눈앞의 광경이 너무 거룩해서 도리어 실감이 없어…… 나 진짜로 당사자인가?

여기서 아무 말도 없이 슥 떠나는 것도 수상하니, 미안하지만 설명만 할까. 내가 아무렇지도 않은 척 할 수 있을까…….

"저기, 실례합니다. 아까 전화한 사람인데요."

"! 아, 네, 당신이……."

그래, 나다———가 아니지! 장난치고 싶은 게 아냐.

다시 정면에서 보니 완전 누님. 온몸에서 포근한 오라가 넘쳐흘렀다. 역시 여대생은 고등학생과 다르구나. 나츠카와는 말할 것도 없고, 아시다 같은 애도 이렇게 진화할까? 갑자기 변이한 아시다를 보고 쑥스러워하는 건 싫은데.

"거기서 나와서 근처 고가대로 아래— 집에 가는 길이었는데 중학생한테 시비 걸린 것 같아서 말을 걸었습니다."

"네, 그, 정말 감사합니다……!"

"아아, 아니에요, 괜찮아요. 그리고 코우타한테 자세한 이야기를 아직 못 들었어요. 이야기는 정리된 다음에 듣고, 집에 가면 먼저 란도셀에 파손 흠집이 없는지 봐주세요. 이런 일이 처음인지 어떤지는 아직 모르니까요."

"아, 네! 집에서 확인할게요……."

일단은 맞는 모습은 보지 못했다는 것과 염려하는 내용만 전했다. 이렇게 다른 사람이 자신의 이야기에 진지하게 귀를 기울여주는 일도 좀처럼 없으니 나도 모르게 애프터

케어에 힘이 들어가네. 폴로셔츠를 입고 있어서 다행이다. 그 왜, 뭔가 어른스럽잖아, 폴로셔츠.

그건 그렇고 눈앞에서 보니 이 누나 진짜로 엄청나네. 소매가 팔랑팔랑한 옷인데 여름 하늘 아래를 달려와서인지 살짝 달라붙어서…… 이런, 이대로 있다간 나의 쓰레기 같은 부분이 줄줄 나올 것 같다. 이렇게 예쁜 사람한테 이상하다는 취급을 받고 싶지 않다. 빨리 물러나는 편이 좋을지도 모르겠다.

"저, 그러면 조심하세요."

"저, 저기…… 죄송해요. 뭔가 연락할 수 있는 연락처라도……."

그렇죠~…… 이름 가르쳐드릴게요, 당연히 가르쳐드려야죠. 이런 걸 거절하면 도리어 수상하단 말이지…….

"———사죠 씨, 라고 하는군요. 와아, 코에츠 고등학교의 학생이었군요!"

"네? 네 뭐. 집에서도 가깝고 대학에 가기도 괜찮은 곳이라서."

백문이 불여일견. 아르바이트 계약에 필요했던 학생수첩을 보여주고 신분을 증명. 난 수상한 사람이 아니란 말이다. 이거 봐, 폴로셔츠도 입고 있고.

반한 여자를 따라서 맹렬하게 공부해서 들어갔다는 말은 입이 찢어져도 못 하지만. 그보다 난 왜 코우타를 한가

운데에 두고 셋이 앉아있는 거지? 누나 이상의 누나한테 내성 같은 건 없는데요? 뭐, 바로 앞을 보고 이야기하는 것보다는 낫나…….

"코에츠 고등학교 좋죠! 교복도 예쁘고 부지도 예뻐서 대학 캠퍼스 같죠!"

"그런, 가요?"

"그래요!"

여대생인 그녀가 말하니 그런 거겠지. 그런 것보다 모성 넘치는 누나가 꺅꺅거리는 게 엄청나다. 뭐지 이 갭은. 동정을 죽이려 하고 있어. 으헤헤.

이야기를 되돌려서―― 우리 학교의 안뜰은 온통 잔디가 깔려 있으니까…… 그래도 잔디 위에 직접 앉는 녀석은 없지만. 앉는다고 해도 기본적으로 벤치에 앉으니.

우리 고등학교를 알고 있다는 건 졸업생인 건가? 그럼 더 좋은 곳을 알고 있지 않을까…… 개인적으로 생각하기에는 교사 뒤쪽의 숲 같은 곳을 빠져나오면 있는 정자가 숨겨진 명소 아냐? 지금은 아이자와랑 아리무라 선배의 사랑의 둥지지만.

"코우타의 누나―― 사사키 씨는 정말 어른스러우니까 대학 캠퍼스와 어울릴 것 같아요. 잔디 위에 앉아서 책을 읽는 광경이 떠올라요."

"아, 아뇨 그렇지는…… 전 어른스럽지 않아요."

"아니에요. 사사키 씨가 어른스럽지 않으면 주변 사람들은 다들 어린이 같다는 이야기가 될 거예요."

"가, 감사합니다…… 그런 말을 들은 건 처음이에요. 최근에 키가 갑자기 커서…… 얼마 전까지는 정말로 아이 같았다고요?"

"하하, 상상이 안 되네요.

이 겸손함. 나에게 맞춰주고 있어서인지 사사키 씨의 포용력이 그저 대단한 것일 뿐인지 모르겠지만, 이렇게 이야기하는 것만으로도 마음이 편해졌다. 한 말을 전부 순순히 받아들여 주는 게 최고잖아. 이것이 '어른의 여유'라는 건가? 칭찬밖에 안 떠오르는데.

그리고 반대로 살짝 여유가 없는 것처럼 쑥스러워하는 게 자극이 정말 세다. 일부러 막 이러는 거면…… 우와아, 믿고 싶지 않아. 어느 쪽이든 이 사람 엄청 인기 많을 것 같다. 나츠카와랑 마찬가지로 나한테는 레벨이 너무 높아서 도중에 좌절을 맛보는 타입이야. 너무 많이 접하면 내 수명이 줄어들 것 같으니, 이번에야말로 밑천이 드러나기 전에 후퇴할까.

"───코우타는 이제 진정됐어?"

"아, 응…… 고마워, 형."

"다음부터는 그런 목소리가 잘 안 들릴 것 같은 곳에는 가지 말도록 해. 누나가 걱정하니까."

"으, 응…… 미안해요."

"아아, 사과는 안 해도 돼. 다음부터 말이야, 다음부터."

지금까지 낸 목소리 중에서 가장 온화한 목소리로 말했어. 아마 지금 인생을 살면서 가장 형 노릇을 하고 있어. 아이리 때는 어땠지? 오빠가 아니라 말이었지. 그야말로 개.

형 노릇을 하는 김에―― 아니, '형 노릇을 하는 김에'가 뭐냐. 이참에 이 누나한테도 주의해둘까. 자각이 있든 없든 꽤 눈길을 끄는 것 같으니까.

"사사키 씨도 조심하세요. 이 주변의 치안은 나쁜 편이 아니긴 해도, 당신은 남고생인 제가 보기에도 특히 매력적이라고 생각하니까요."

"에…… 에엣?"

"상대가 성인 남성일 가능성도 있고, 중학생이라도 체격이 큰 녀석이 간혹 있어요. 조금 돌아가더라도 사람이 많이 다니는 길로 다니세요. 객관적인 시선으로 드리는 충고입니다."

"아, 네…… 감사합니다……."

"그럼 이만 실례하겠습니다."

――기분 좋다. 연상의 미녀와 서로 정중하게 대화하는 게 이렇게나 기분 좋을 줄은 몰랐다. 그렇군, 여성의 처세술은 이런 부분에서 생겨나는 건가. 어쩌면 지금은 소통을 어려워하는 여자에게는 남자 이상으로 살기 힘든 세상

일지도.

◆

　벌써 아르바이트를 시작한 지 1주일이 지났다. 항상 얼굴을 보던 녀석들과 만나지 않게 되니 역시 쓸쓸해지는구나. 스스로는 그런 부분이 무미건조할 줄 알았는데, 다들 이런 걸까······?

　일찍 일어나는 게 노곤하다고는 해도 겨우 5시간——까딱하면 3시간밖에 안 되는 아르바이트에 얼굴을 비치는 정도라면 모티베이션 따위가 없어도 '해볼까' 하는 기분이 든다. 최근에는 아르바이트하고 돌아와 거실의 소파에서 낮잠을 자는 흐름이 이어지고 있어서 밤을 새워도 다음날에 지장이 없단 말이지.

　"아아~······ 피곤해."

　수험생인 누나는 여름방학에도 등교. 나도 내후년에는 이렇게 된다고 생각하니 순식간에 HP가 깎이는 느낌이 들었다. 게다가 학생회도 있고 학원도 가서 학생의 귀감이구먼. 이번만큼은 입버릇으로 한 말이 아니라 진짜로 피곤한 것 같다. 그런 미남들에게 둘러싸여 있는데 그렇고 그런 이야기가 없는 이유를 알 것 같은 기분이 들었다.

　"········너, 여름방학인데 잘도 일찍 일어나 있네."

"일찍 일어나는 게 돈이 되니까. 겨우 5시간밖에 안 하는 아르바이트는 돈이 나오는데 학교는 돈이 안 나온다고……? 쓰레기잖아."

"쓰레기인 건 너야."

"거기 쓰레기 남매, 추잡한 말로 일상 대화하지 마."

누나와 안온하지 않은 대화를 하고 있으니 아버지에게 지적받았다. 아침 먹는 중이지…… 아버지는 이제부터 5시간이 아니라 밤까지 일에 구속되니, 눈앞에서 이런 대화를 하면 짜증 나는 것도 무리도 아닌가.

너무 다망해서 아버지의 기분을 헤아렸는지 누나는 쓰레기라고 해도 대꾸하지 않았다. 이러니저러니 해도 여기서 가장 고생하는 건 아버지일 테니까. 지금 내가 아버지 입장에 있었으면 틀림없이 탈모가 올 거다.

"헌책방이었나? 그렇게 편해?"

"헌책방이라기보다는 개인이 취미로 경영한다는 점이 장점이지. 하면 할수록 일이 쏟아지는 체인점과는 달리 할 일이 끝나면 끝이야."

"학생회는 체인점이었구나……."

"아니잖아……."

이쪽도 꽤 힘들어 보이네. 듣자 하니, 여름방학 동안 문화제 준비 이외에 중학생의 체험 입학도 준비한다며? 우리 학교는 이벤트가 많았구나. 난 그런 점을 싹 무시하고 입학해버렸어.

그런 말을 흘려보니 평범하게 대답해줬다.

"어? 아아…… 그쪽은 교사진이 선발한 사람이 안내를 맡길 거래. 잘생긴 애나 귀여운 애로."

"그렇군. 즉, 누나는 안 불렸다는 건가."

"아~ 그래. 미녀가 아니라 참 잘 됐어."

아니, 진짜로 한계가 왔네…… 설마 마약 같은 걸 하는 건 아니겠지, 이 누나…… 내 장난을 흘려보내다니…… 평소 같으면 롤링 소배트를 날려도 이상할 게 없는데…… 아니, 난 무엇을 원하고 있는 거지? 잠깐만…… 남매가 나란히 위험한 상태잖아…….

그건 그렇고 미남과 미녀를 선발하는 건가. 머릿속에 바로 얼마 전에 본 조합이 떠올랐는데 문화제 실행위원을 하는 김에 부탁을 받을 것 같다. 특히 나츠카와. 더할 나위 없이 나츠카와. 뭐? 사사키(佐々木)? 그게 누구냐. 사사키(笹木)씨라면 알고 있는데.

"아~…… 너 그러고 보니까 선도부원이 되라는 권유받았다면서?"

"응? 그걸 어디서—— 아아…… 그러고 보니 시노미야 선배랑 아는 사이였지."

시노미야 선배한테는 분명 누나가 날라리 친구였지. 어라, 아냐? 진짜 이 두 사람은 뭐가 어떻게 되면 알고 지내게 되는 거지……? 둘은 성격이 절대로 안 맞을 거 같은데.

"아는 사이라기보다는———— 뭐, 그런 느낌이지만. 그보다 너희들은 무슨 사이야? 갑자기 네 상태가 어떻냐고 물어봤는데."

"아니 딱히 그렇게 대단한 사이는…… 누나의 남동생을 대하는 느낌으로 대한다고 생각하는데. 실제로 그렇게 들었고."

"뭐, 딱히 상관없지만. 그래서, 너 선도부 들어갈 거야?"

"그럴 리가. 말도 안 되지. 그 사람이 있던 자리는 아무리 생각해도 부담이 크다고."

"그럼 학생회에 들어와."

"엉……?"

지금 뭐라고……? 학생회? 적당한 자리가 아니라 학생회? 그거야말로 부담이 큰데요. 학교의 이벤트가 많으니 무조건 바쁠 거잖아. 매일 하는 것 같은 일도 까다로운 일뿐이고……… 이상하네, 활발한 미남인 토도로키 선배가 노는 모습만 떠오르는데.

"왜."

"린도 말했지만, 역시 어디서 굴러먹다 왔는지 모르는 녀석에게 뒤를 맡기고 싶지 않아."

네가 폭주족 여두목이냐. 어미에 '행님'이 들렸어. 갑자기 전 날라리였던 면도 드러내고…… 역시 스트레스가 심한 거 아냐? 힘차게 기운 내서 가자고. 아니, 그렇다고 해도 하필 나야? 사죠 가의 나부랭이인데, 그런 기량은 없는 걸요?

"너 사무는 잘하잖아, 기분 나빠."

"그래?"

"앗⋯⋯."

'앗⋯⋯'이 아니라고. 아버지가 들어버렸잖아. 어느 쪽에 반응한 거야? '기분 나빠' 부분인가. 이 할망구, 중학교 때 아르바이트한 걸 불진 않았겠지⋯⋯? 나에게 권유하고 싶은 거냐, 아니면 기분을 상하게 하고 싶은 거냐. 어느 쪽이야? 그보다 사무를 잘한다는 건 뭐야? 그걸 장점이라고 불러도 되는 건가?

"학생회 일을 강제로 도와주고 있어. 요즘 안 갔지만."

"그러고 보니 요즘 안 오는데, 땡땡이냐?"

"애초에 난 학생회가 아니라고. 그리고 지금 여름방학이잖아."

"알바비 나오면 뭐 좀 사줘."

"뭐⋯⋯ 편의점 아이스크림 정도라면."

"기다려라, 하겠."

힘들어 보이니까, 뭐 조금 정도는 다정하게 대해줄까⋯⋯ 하고 좀 무르게 대응했더니 너무 세게 나오잖아, 뭐지 이 누나는? 누나가 아니라 형이었어도 분명 지금이랑 성격이

다르지 않을 거야.

"어쨌든, 학생회 이야기는 나름 진지하게 한 얘기니까, 생각해둬."

"뭐어? 잠깐, 누나———"

기막혀하고 있으니 누나는 어려운 문제를 나에게 떠맡기고 식기를 둔 채로 2층으로 올라갔다. 어? 진심이야? 학생회나 선도부 이전의 문제인데. 어? 거짓말이지? 난 그런 느낌의 녀석이 아니잖아.

하지만 가장 어이없던 건 아버지가 아무것도 모른다는 얼굴로 밥을 계속 먹고 있다는 점이었다…….

EX ♥♥ 함께 동석하여

"아~이찌, 데려왔어."

"자, 잘 부탁해."

"뭐야, 그 캐릭터는……."

아이리와 처음 만난 다음 날. 점심시간에 아시다에게 잡혀 나츠카와 곁까지 연행된 나는 나츠카와와의 말랑한 약속을 잊을 뻔한 거북함으로 기분이 나빠질 수밖에 없었다. 완전 위험해.

나츠카와 주위에는 아이리를 계기로 삼아 나츠카와와 친해지려고 하는 여자 몇 명과 사사키, 그리고 거리를 조금 두고 다른 남자 그룹 몇 명이 있었다. 뭔가 마지막에 말한 그룹이 제일 짜증 나는 녀석들이네.

이왕이면 사사키처럼 당당하고 당연하다는 듯이 여자들속에 섞였으면 한다. 그건 그거대로 짜증 나지만.

적당한 곳에서 의자를 끌어와 안전빵인 사사키 옆에 앉으니 아시다가 만족스럽게 나츠카와 맞은편에 앉았다. 무엇이 대단한가 하면, 이만큼 중심적인 존재가 되어 가는 나츠카와의 맞은편은 '반드시 아시다'라는 룰이 생겼다는 점이지. 질서가 생겼다는 게 대단하지 않아? 넌 우대신(右大臣)이냐.

"사쵸, 요즘 어딘가에 가는가 싶었더니 오늘은 여기서

먹네."

"아니 그 왜, 이런저런 일이 있었어……."

"흠……."

반 제일의 아이돌이 나츠카와라면 반 제일의 미남은 사사키. 축구부에 스포츠 만능인데다가 성격은 내가 볼 때 주인공 기질. 어떤 점이 주인공 기질이냐 하면, 아무런 저항 없이 여자 무리에 들어가는 점이다. 게다가 남정네 녀석들과 스포츠 이야기나 게임 이야기도 가능하니 적으로 돌릴 수 없는 레벨이다. 나츠카와 붐 도래 이후, 이렇게 나츠카와 근처를 확보하는 건 과연 마음이 있어서인가…… 잘 모르겠다.

"어…… 사죠도 여기서 먹는구나."

"아, 미안. 사사키 옆을 차지해서."

"그, 그런 거 아니니까."

가까이에 있는 사이토가 당황한 얼굴로 물었다. 그야 그렇지, 시끄럽고 다가가기 힘들어졌던 원흉이 여기에 있으니 당황하는 것도 어쩔 수 없다. 속으로 '인마~ 왜 여기에 쳐 오는 거냐'라고 말한 듯한 기분도 들지만, 지금은 참아줬으면 한다. 지금은 다른 여자를 신경 쓸 상황이 아니다. 역으로 밀어붙여 주지.

"음~? 진짜?"

"정말, 아니라니까."

작은 목소리로 놀리고 있으니 허둥거리면서 어깨를 찰 싹 때렸다. 똑 부러지는 애가 당황하는 거 귀여워…… 근 데 아마 사이토도 사사키한테 마음이 있는 여자 중 한 명 이지. 4월부터 반을 봐온 느낌으로 어렴풋하게 파악하고 있다.

뭐, 안심했으면 한다. 사사키한테 쓸데없는 말을 할 생 각은 없고, 또 전처럼 '아이카아이카아이카'라며 소란스럽 게 할 생각도 없다. 모두의 분위기에 맞춰 나름대로 녹아 든다. 그렇다, 목표는 카레의 양파다.

"어, 어이 사죠."

"엉……?"

헤실대고 있으니 사사키가 쿡쿡 찌르는 것과 동시에 짜 릿한 기척을 느꼈다. 뒤돌아보니 사사키 건너편에서 이쪽 을 매서운 눈으로 쳐다보는 나츠카와가 있었다. 그런 얼굴 도 귀엽다. 반해버리잖아. 이미 반해 있었지.

"사사키. 난 아무래도 질투를 받는 것 같아."

"무슨…… 그, 그럴 리가 없잖아! 바보 아냐?!"

그럴 리가 없다는 걸 알고 일부러 들리도록 말하니 나츠 카와가 '어처구니없다'는 듯이 일어섰다. 그렇게 세게 말하 지 않아도 되잖아…….

"사사키…… 난 아무래도 바보인 것 같아…….”

"아니, 넌 바보야."

모두 쿡쿡대며 웃었다. 여자 비율이 높은 편이라 그런지 뭔가 고상하게 들렸다. 나츠카와가 고개를 휙 돌렸다. 이 자리의 분위기를 유지한다고는 해도 대미지가 꽤 크다. 대미지 내성 무한이었던 그때의 나는 대체 어디에⋯⋯.

기분을 전환하자. 밥이다, 밥. 어디서 먹든 얼마나 슬프든 맛있는 것은 맛있다. 식욕을 채우면 소모된 멘탈도 조금은 나아질 것이다.

"사사키는 수제 도시락이네. 유키가 만든 거냐?"

"왜 아는 거냐⋯⋯."

"왜 모른다고 생각했냐."

사사키의 도시락은 용기가 묵직한 것에 비해 내용물이 귀여웠다. 어머니와 같은 세대의 센스라고는 그다지 생각할 수 없었고, 무엇보다 브라콘인 유키의 이미지를 강하게 느꼈다. 바지런히 사사키의 도시락을 챙기는 유키의 모습은 여유롭게 상상할 수 있었다.

"그러는 사죠는 빵 하나냐. 그걸로 배가 차?"

"요즘은 그냥 대충 먹어서. 사이사이에 과자를 꽤 먹고 있어. 초콜릿이나 껌은 그냥 항상 가지고 있으니까."

"그러고 보니 오래전에 수업 중에 들켜서 혼났었지⋯⋯."

"잊어줘라."

참고로 누나도 똑같다. 과자를 상비해두고 점심에는 적당히 때우는 타입이다. 수험생은 머리에 당분이 필요하니 그게 딱 좋다고 말했었다. 뭐, 그것까지는 이해하는데, 그 과자를 나에게서 보충하는 건 그만뒀으면 좋겠다. 괜찮아 보이는 녀석만 들고 간단 말이지. 그런 주제에 착실히 돈은 준다. 돈 낼 거면 스스로 사라고⋯⋯.

그런 이야기를 하고 있으니 고개를 돌리고 새침하게 있던 나츠카와가 질렸다는 표정으로 끼어들었다. 여러분, 신탁의 시간입니다.

"그렇게 먹으면 건강에 안 좋아."

어머나, 엄격해라. 설마 하던 꾸짖음.

"아니, 그 왜. 우리 집 같은 경우에는 도시락이라고 해도 어차피 냉동식품에 쌀을 채워 넣은 거니까. 건강을 생각해도 그렇게 다르지 않아."

"그럼 샐러드 같은 걸 사⋯⋯ 채소에 든 영양분이 부족해질 거야."

"엣."

드문 일이다. 아니, 드문 일이 아닌가? 나츠카와의 언니로서의 모습을 안 지금이라면 사람을 잘 돌보는 면이 있는 것도 납득할 수 있다. 그렇지 않아도 지금까지는 다가가기만 해도 싫다는 표정을 지었으니 신선하게 들렸다.

"아아⋯⋯ 뭐, 대충 먹어둘게. 땡큐."

"야, '대충'이 뭐야."

"어?"

일단 감사 인사는 했지만, 나츠카와는 그 말을 그대로 받아들이지 않은 듯했다. 이런, 표현을 잘못했나…… 소홀하게 대했다고 생각했을지도 모른다. 실제로는 이야기해 준 것만으로도 엄청 기쁜데. 어떻게든 변명해야 한다!

"——그러면 안 돼, 사죠. 채소도 먹어야지."

"어?"

"자. 내 양배추롤을 줄 테니까. 먹어야 해?"

"아, 고마워."

사이토가 책상에 놓인 빈 빵 포장 위에 자신의 도시락 구석에 들어있던 귀여운 양배추롤을 놓았다. 허를 찔려 순순히 받아버렸다.

아니, 잠깐만? 사이토는 사사키한테 마음이 있을 텐데? 그런데 이렇게 가까이에서 나를 걱정하는 행동을 해도 돼……? 실제로 지금도 사사키의 안색을 살짝살짝 살피는 것 같다.

……잠깐만? 그런가, 알았다. 그렇게 나를 신경 써주는 기색을 보여서 사사키가 '좋겠다'고 부럽게 느끼게 만드는 작전인가. 이걸로 사사키가 날 질투하면 더 좋은 것이군.

"홋, 그렇군……."

"'그렇군' 같은 말 하지 마………."

사이토의 표정을 보면서 중얼거리자 작은 목소리로 딴 지를 걸었다. 아무래도 내 예상이 맞은 모양이다. 일종의

'살을 주고 뼈를 치는' 작전. 그 각오…… 확실하게 받았다!

"음…… 아, 맛있어. 채소의 영양분이 스며들어 퍼진다. 채식주의에 눈뜰 것 같아."

"너…… 보아하니 음식 감상을 말하는 거 서투르구나?"

빵 포장을 써서 입에 잘 집어넣으니 수분이 풍부한 감칠맛이 확 퍼져서 그저 맛있었다. '여자의 도시락'이라는 효과가 강하다. 그것만으로도 밥을 몇 그릇이라도 먹을 수 있을 것 같다.

솔직한 감상을 말했는데 사사키의 반응이 그저 그랬다. '부럽다'는 생각도 안 하는 것 같았다. 애초에 '여자애가 만든 도시락'의 레어도를 이해하지 못하고 있을 것 같다. 이녀석, 진심으로 이세계 전생시켜주고 싶다…….

"아, 그럼 사죠찌. 내 양배추롤도."

"뭔데? 양배추롤이 유행이야?"

속으로 사사키를 욕하고 있으니 아시다도 양배추롤을 주겠다고 했다. 양배추롤의 비율이 높네. 여성스러움 어필에 써먹을 수 있나? 아니, 그래도 아시다가 거기까지 신경 쓸 것 같지는 않고. 단순히 도시락 반찬으로 넣기에 만만한 것일지도 모르겠다.

"자, 앙~."

"엑."

아니, '앙~'이라니. 그리고 젓가락은 어쩔 건데?

진심이냐는 얼굴로 아시다를 보니 다른 뜻은 전혀 없는
듯한 생글생글한 얼굴이 있었다. 그렇지…… 아시다는 자
기 상황에 제법 무심하지…… 넌 바로 그런 점이 문제라
고. 뭐 그런 느낌이라면 나도 받겠지만.

"암."

"——아……!"

"니히힛, 맛있지~?"

"맛있어 맛있어."

그리 대답하니 아시다는 만족스럽게 웃었다. 아니, 왜
네가 자랑스러워하는 거냐. 전에 '엄마가 만들어'라고 말했
잖아. 그건가, 어머니가 자랑스러운 거냐? 우리 어머니도
말이다…… 볶음밥을 엄청 잘한다고! 끈적끈적해서 맛있
다고! 일식 레퍼토리는 적지만!

그보다, 흐음…… 똑같은 양배추롤이라도 두 집의 맛이
다르구나. 아시다가 준 게 케첩이 더 강하다고나 할까? 부
활동으로 운동을 하니 소금기를 강하게 한 건가? 어찌 됐
든 맛있지만.

"후우, 양배추롤은 오랜만에 먹었어……."

"——와, 와타루!"

"우옷?! 뭐, 뭐야?"

연속으로 푸짐한 반찬을 받아서 한숨 돌리고 있으니 갑
자기 이름이 불려 나도 모르게 등을 꼿꼿이 폈다. 동년배

여자가 이름을 강하게 부르면 누나가 화났을 때가 떠올라서 겁난다고…….

보니까 나츠카와가 앞으로 쏠린 자세로 일어나 자신의 도시락을 들고 이쪽을 보고 있었다. 아니 잠깐만, 무슨 일이야……? 에, 뭐야 그 진지한 얼굴은. 왜? 아니, 무엇을 할 생각인지는 알겠는데 왜? 아시다의 경우와는 의미가 달라지잖아. 이거 봐, 주위 사람들도 뭔가 '세상에, 진짜로?'라는 표정이잖아.

"양배추롤은 아니지만……."

"나, 나츠카와. 나 이제 충분――"

"이, 이거는!"

"아니, 이거………는."

정리하자. 우선 나츠카와가 나에게 '앙~'하는 게 이상하다. 아시다는 몰라도 나츠카와가 날 의식하지 않는 건 이상하다. 차고 차인 사이인데, 보통 이런 걸 해? 엄청 기쁘고 정말 흥분되지만, 보통 이런 걸 해? 주변 사람들도 알고 있으니까 아연실색한 게 아닌가. 그보다 의식하고 있는 거지? 얼굴 빨개졌잖아!

그리고 또 하나―― 내 앞에 와 있는 아스파라거스 베이컨 말이. 그것도 꽤 두꺼운 녀석. 나츠카와 씨…… 좋은 감정 능력을 가지고 있지 아니한가. 좋은 걸 사들였어.

하지만 난 말이야…… 아스파라거스를 잘 못 먹어☆

275

"저, 저기 나츠카와. 아시다가 좀 그런 것일 뿐이니까 그렇게 무리는 안———"

"케이는 되는데, 난 안 돼……?"

"으윽……!"

우와아아아아아아아아아아아아앗!

뭐야 그 얼굴은. 그런 얼굴 하지 마. 전력으로 위로해주고 싶어지잖아! 날 어떻게 하고 싶은 거야?! 괴롭히는 건가? 찬 나에게 일부러 이런 짓을 해서 괴롭히는 건가! 진짜 고마워 나츠카와! 안타깝게 됐구나, 나츠카와! 아직 엄청 좋아한다고! 완전 좋아!

하지만 난…… 아스파라거스가 아주 싫어!

"채, 채소도 잘 먹어야 하니까………… 자."

"으으윽…….."

입가까지 갖다 댔다. '앙~'. 잘 구워 약간 고소해진 베이컨에 아스파라거스의 냄새까지 전해져 와서 먹지도 않았는데 입맛이 없어졌다. 우, 우와아…… 아스파라거스다. 다시 한번 말하지만 아스파라거스다. 왜 선조들은 이걸 먹으려고 했을까…… 그리고 이걸 '맛있다'고 말할 수 있는 녀석은 어떤 혀를 가지고 있는 거냐…….

"으, 음……!"

"아……!"

물러서려야 물러설 수 없었다. 확실히 아스파라거스는

싫어하지만, 벌레를 먹는 것보다는 낫다. 세계 탐방 방송의 탤런트가 하는 고생에 비하면 아스파라거스 따위는 아무것도 아니다. 그래, 일본인으로 태어난 나는 복 받은 것이다! 그 사실을 잊어서는 안 된다! 아스파라거스, 그럼 씹는다……!

"……………어, 어라? 맛있네?"

맛있었다. 무엇에 깜짝 놀랐냐 하면 아스파라거스 특유의 질긴 식감이 없다는 것에 놀랐다. 혀로 눌러 부스스 부서지는 듯한, 그런 부드러움이 있었다. 그리고 맛도 괜찮은 느낌으로 짠맛이 났다.

"……어, 얼마나?"

"응?"

이 타이밍에 그걸 물어봐? 맛있는 데다가 나도 어떻게든 먹을 수 있었던 정도인데. 어느 정도냐고 물어보면 난처한데.

"음……… 누나가 만든 것보다."

"와, 와타루의 누나가 만든 것보다……?!"

그건 틀림없다. 그 할망구, 내가 싫어하는 식재를 이용한 요리에 특화해서 습득하고 있으니까. 주말 낮에 갑자기 기분전환으로 만드는 일이 많다. 나에게 먹이고 맛없어하는 얼굴을 보고 만족할 때까지가 기분전환이다. 누나는 맛있게 먹으니 더욱 질이 나쁘다.

"아이리도 먹을 수 있게 만들어서 그런가……."

"흐, 흐음………… 직접 만든 요리였구나."

"아…… 으, 응…… 맞아."

확실히 유치원생 중에 아스파라거스를 좋아하는 아이는 별로 없겠지. 보아하니 이 아스파라거스, 정성 들여 삶았구나……? 맛을 지우려고 소금물로 삶은 건가. 역시 아이카의 언니…… 빈틈없어!

그럼 나츠카와 씨! 주위 분위기가 엄청난데 어떡할 거지? 도망치나? 내가 갈까?

기쁘게 미소 짓는 나츠카와가 이 분위기를 눈치를 채는 일은 없었다.

후기

여러분, 수고가 많습니다. 저자 오케마루입니다.

'꿈꾸는 남자는 현실주의자 2'는 어떠셨나요.

저자인 저로서는 자신이 과거에 쓴 문장을 되돌아보는 것이 상당히 부끄럽기도 했습니다. 정말 얼굴을 빨갛게 물들이면서 교열작업 등에 임하고 있습니다. 다른 저자분도 똑같을까요.

2권에서는 주인공인 와타루가 아이카의 집에 놀러 갔습니다. 이미 눈치를 채셨을지도 모르지만, 아이카는 조금 서투르죠. 원래 친구도 그렇게 많은 편이 아닙니다. 이후의 전개에서 그 이유 같은 것이 묘사될 것인데, 현재 상황을 보기만 해도 '지금 있는 존재'에 보통 이상의 감정을 품고 있는 것처럼 보이죠. 표지 일러스트에 나온 케이 같은 친한 친구도 있는데, 그럼 주인공인 와타루에게는 어떤 감정을 품고 있는가. 그것은 이후의 전개에 기대해주셨으면 합니다.

그럼, 제 근황입니다만 작가 오케마루로서는 본 시리즈가 처녀작이 되었습니다. 역시 그냥 인터넷에 투고하고 독자 여러분이 읽어주실 때와는 상황이 크게 달라졌다는 생각이 듭니다. 적어도 지명도만큼은 인터넷 소설만 하던 시기보다 크게 변화한 것을 느낍니다. 이야, 압박감이 느껴지네요.

다음 사항은 자신을 검색하는 것일까요. 이전에는 인터넷에 널리고 널린 작품 중 하나에 지나지 않았습니다. 인터넷이나 SNS로 검색해도 작품열람 페이지로 가는 링크는 있지만, 전혀 상관없는 사이트이거나 다른 환경에서 감상을 말해주는, 혹은 평가해주는 '목소리'가 별로 없었죠. 이따금 이 작품에 대한 내용이 적힌 '목소리'를 불쑥 발굴하는 것이 재미였습니다.

그런데 지금은…… 정말 대단해요. 검색하면 이 작품에 대한 것밖에 안 나와요. 곳곳에 독자 여러분의 감상이 깔려 있어요. 예전에는 하나도 놓치지 않았던 여러분의 목소리를 쫓아가지 못하다니, 서적화 이전의 저에게 들려주면 믿지 않을 겁니다. 웹판을 약간 수정하기만 했는데 많은 분에게 응원을 받게 되었습니다. 전전긍긍한 느낌이네요. 정진하겠습니다.

Twitter쪽도 보고 있습니다. 이 작품은 머리를 비우고 읽으실 수 있다고 생각합니다만, 곳곳에 '사고방식'에 포커스를 맞춘 묘사가 깔려 있다고 생각합니다. 그런 면에 대해서 여러분이 함께 의논하는 모습을 보면 저도 기뻐집니다. 마치 스스로 쓴 것처럼 등장인물의 심정 같은 것을 이야기해주시면 엄청 기쁩니다. 팍팍 해주세요. 어느샌가 저도 끼어 있을지도 몰라요.

그 외에는…… 그렇네요, 인생을 살면서 처음으로 라이트노벨을 샀습니다. 전 인터넷소설민(民)이라서 책으로 나온 인터넷 소설을 여러 편 읽긴 했어도, 책을 사본 적은 한 번도 없었습니다. 랭킹 사이트를 엿보러 가서 본 작품과 동시 발매하는 작품을 몇 개인가 샀지요.

호와아, 하는 말로 정리할 수 있겠네요. 저는 라이트노벨을 '가벼운 마음으로 읽는 소설'이라고 멋대로 정의하고 있었는데, 그 작품들은 제가 보기에 '문예'였습니다. '나오키'나 '아쿠타가와' 같은 방향 말입니다. 아마 진짜 문학작품을 읽으면 '일본어 모르겠어요'라는 말이 나올 겁니다. 그 정도로 탄탄한 구성과 문장에 압도되었습니다. 다들 대단하네요(어휘). 각 작품의 애니메이션화, 드라마화를 기다리고 있습니다. (※팬)

그 외에도 서점에 이 책이 늘어서 있는 것을 보고 히죽거리거나 독자분이 그린 일러스트를 보고 히죽거리는 등 여러 일이 있었는데, 기분 나쁜 묘사에 관해서는 자신이 있으니 할애하겠습니다. 여러분의 머릿속에 있는 오케마루가 징그러워질 것 같네요.

그러고 보니 담당 편집자님과 본작의 제목을 뭐라고 줄여 부를지를 상담했습니다. 줄이는 법…… 전혀 생각을 안 했었네요(웃음). 줄이는 법이라는 관점에서 HJ문고의 최근 작품을 들면…… '아마몬'일까요. 꽤 하네요, 엄청 귀에 맴돈다고 해야 할까, 정말 기억하기 쉽죠. 도외시하고 있었습니다.

그럼 이번 작품 '꿈꾸는 남자는 현실주의자', 어떻게 부를까요. '꿈남'…… 글자의 느낌이 엄청나네요. 꿈속에 나타나는 요괴 같은 느낌이 들어요. 그렇다면 히라가나만 추려내보면…… '루하'. 뭔지 모르겠네요. 그보다 히라가나 두 글자밖에 없었네요. '몽현'…… 조사해보니 이미 그 약칭으로 활동하는 분이 계셨습니다. 이 작품의 이름을 지을 때는 '설마 겹치진 않겠지'라고 생각하며 '꿈꾸는 남자는 현실주의자'로 했는데…… 참 어렵네요. 여러분이나 담당 편집자님에게 맡기려고 합니다.

마지막으로 고맙게도 현시점에 이미 '꿈꾸는 남자는 현실주의자 3'의 발매가 결정되어 있습니다. 그 이후에 어떻게 될지는 아직 모르지만, 딱 하나 안심할 수 있다면, 웹판은 계속 이어진다는 겁니다. 앞으로도 여러분의 기대에 부응할 수 있도록 집필해 나갈 테니 앞으로도 부디 잘 부탁드립니다.

'꿈꾸는 남자는 현실주의자 3'의 후기에서 또 만나요.
오케마루였습니다.

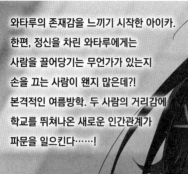

와타루의 존재감을 느끼기 시작한 아이카.
한편, 정신을 차린 와타루에게는
사람을 끌어당기는 무언가가 있는지
손을 끄는 사람이 왠지 많은데?!
본격적인 여름방학. 두 사람의 거리감에
학교를 뛰쳐나온 새로운 인간관계가
파문을 일으킨다……!

제3권
예고

꿈꾸는 남자는
현실주의자
♥♥ yumemiru danshi ha
genjitsusyugisya

YUMEMIRU DANSHI HA GENJITSUSYUGISYA 2
©Okemaru
Originally published in Japan in 2020 by HOBBY JAPAN CO., Ltd.
Korean translation rights ©2020 by Somy Media, Inc.

꿈꾸는 남자는 현실주의자 2

2021년 3월 15일 1판 1쇄 발행
2021년 6월 15일 1판 2쇄 발행

저　　　자	오케마루	
일 러 스 트	사바미조레	
옮 긴 이	박정철	
발 행 인	유재옥	
본 부 장	조병권	
편 집 1 팀	이준환 정현희	
편 집 2 팀	김민지 정영길 조찬희	
편 집 3 팀	김혜주 곽혜민 오준영	
라이츠담당	김슬비 한주원	
디 지 털	박상섭 이성호 최서윤	
발 행 처	㈜소미미디어	
인쇄제작처	코리아피엔피	
등　　　록	제2015-000008호	
주　　　소	서울시 마포구 토정로222, 403호 (신수동, 한국출판콘텐츠센터)	
판　　　매	㈜소미미디어	
마 케 팅	박소연 이주희 한민지	
전　　　화	편집부 (070)4164-3962, 3963 기획실 (02)567-3388	
	판매 및 마케팅 (070)4165-6888, Fax (02)322-7665	

ISBN 979-11-6611-501-1 04830
ISBN 979-11-6611-402-1 (세트)